DAS OFFIZIELLE

# HORIZON

KOCHBUCH

DAS OFFIZIELLE

# HORIZON

# KOCHBUCH

## DIE GESCHMÄCKER DER SIEBEN STÄMME

Victoria Rosenthal
und Rick Barba

PANINI BOOKS

# INHALT

# ZUTATEN-LEITFADEN

**Amaretto** ist ein süßer Likör mit einem leicht bitteren Mandelgeschmack. Amaretto kann durch Mandelextrakt ersetzt werden. Beachtet hierbei aber, dass Mandelextrakt viel intensiver ist und nur ein Drittel der Menge verwendet werden sollte.

**Ancho-Chili** ist eine getrocknete Poblano-Chili mit einem Schärfegrad von 1000 bis 1500 SHU auf der Scoville-Skala. (Zum Vergleich: Eine Jalapeño-Chili hat einen SHU-Wert von bis zu 8000.) Ancho-Chilis können bei Bedarf durch eine andere getrocknete Chili eurer Wahl mit einem ähnlichen Schärfegrad ersetzt werden. Beachtet aber, dass der Geschmack dann etwas anders sein wird. Ancho-Chilis sollten in einer kühlen Speisekammer gelagert werden.

**Berbere** ist eine äthiopische Gewürzmischung, die Paprika, getrocknete Chilis, Zwiebeln, Knoblauch, Bockshornklee und andere Gewürze enthält, die ihren besonderen Geschmack ausmachen.

**Bonitoflocken,** auch bekannt als Katsuobushi, sind getrocknete Thunfischspäne. Bonitoflocken sind eine wichtige Zutat der japanischen Küche und einer der Hauptbestandteile von Dashi. Bonitoflocken können u. a. dazu verwendet werden, um den Geschmack von Brühen zu verstärken oder Suppen zu garnieren. Sie sollten in einer kühlen Speisekammer gelagert werden.

**Brotmehl** ist ein proteinreiches Mehl, das in der Regel 12 bis 14 % Eiweiß enthält und für die Herstellung von Hefebrot gedacht ist. Der höhere Eiweißgehalt des Mehls trägt dazu bei, dass im Brot mehr Gluten gebildet wird, wodurch es bissfester und elastischer wird.

**Castelvetrano-Oliven** sind hellgrüne Oliven, die in Sizilien angebaut werden. Sie besitzen eine feste Konsistenz und einen üppigen, buttrigen Geschmack. Sie können bei Bedarf durch andere feste grüne Oliven ersetzt werden.

**Fenchel** ist ein Gemüse und gehört zur Familie der Doldenblütler. Er hat einen milden Lakritzgeschmack (Anis) und kann roh oder gekocht verzehrt werden. Meist wird nur die Fenchelknolle verwendet, obgleich sich die Stängel hervorragend für die Zubereitung von Brühen oder zum Würzen eignen. Bei Bedarf kann Sellerie als Ersatz verwendet werden.

**Fenchelsamen** sind getrocknete Samen aus den Blüten der Fenchelpflanze. Sie haben einen süßen, lakritzigen Geschmack, der gut zu herzhaften Gerichten passt, insbesondere zu Schweinefleisch. Bei Bedarf kann Anis als Ersatz für Fenchelsamen verwendet werden. Achtet jedoch darauf, weniger Anis zu nehmen, da Anis sehr viel schärfer ist als Fenchelsamen.

**Fetakäse** ist ein gesalzener Käse aus Schafsmilch. Aufgrund seiner weichen Textur lässt er sich leicht zerbröseln. Bei Bedarf kann Cotija-Käse als Ersatz für Feta verwendet werden.

**Fischsoße** ist eine süße, salzige und scharfe Flüssigkeit, die aus fermentierten Sardellen und Salz hergestellt wird. Aufgrund ihres hohen Salzgehalts kann Fischsoße das Salz ersetzen, wenn ihr eine Extraportion Umami wünscht. Achtet aber darauf, nicht zu viel von der Soße zu verwenden, da sie ein Gericht mit ihrem kräftigen Aroma leicht zu sehr dominieren kann. In der Speisekammer ist Fischsoße zwei bis drei Jahre haltbar.

**Gochujang** ist eine koreanische Chilipaste, die aus roten Chilischoten, Klebreis, fermentierten Sojabohnen und Süßstoffen besteht. Der Schärfegrad von Gochujang ist unterschiedlich und wird grundsätzlich auf der Packung angegeben. Nach dem Öffnen muss Gochujang in einem luftdicht verschließbaren Behälter im Kühlschrank aufbewahrt werden.

**Honigwaben** sind ein Naturprodukt der Honigbienen, das dazu dient, den Honig, den die Bienen herstellen, und die Pollen, die sie sammeln, aufzunehmen. In einem luftdicht verschließbaren Behältnis in der Speisekammer sind Honigwaben praktisch unbegrenzt haltbar.

**Kalamata-Oliven** sind dunkelbraune Oliven aus Kalamata, Griechenland. Sie haben einen milderen Geschmack als schwarze Oliven und sind im Allgemeinen viel süßer und fruchtiger. Kalamata-Oliven können bei Bedarf durch schwarze Oliven, Niçoise-Oliven oder Gaeta-Oliven ersetzt werden.

**Kardamom** ist eine Schote mit Samen, die entweder gemahlen oder im Ganzen verwendet werden können. Schwarzer Kardamom hat einen rauchigen, mentholähnlichen Geschmack, der sich gut für herzhafte Gerichte eignet, während sich die grüne Sorte mit ihrem kräftigen, blumigen, erdigen Aroma sowohl für herzhafte als auch für süße Speisen anbietet. Der Geschmack von Kardamom ist ziemlich einzigartig, bei Bedarf kann Kardamom aber durch eine Mischung aus Zimt, Piment und Muskatnuss ersetzt werden.

**Kashmiri-Chilipulver** wird aus getrockneten, gemahlenen Kashmiri-Chilis hergestellt. Diese Chilis besitzen eine vergleichsweise milde Schärfe und eine leuchtend rote Färbung. Ein guter Ersatz für Kashmiri-Chilipulver ist Paprikapulver oder ein anderes mildes Chilipulver.

**Kimchi** ist ein würziges, fermentiertes, koreanisches Gemüsegericht. Meist wird für die Herstellung von Kimchi Chinakohl verwendet, der in Salzlake und Gewürzen eingelegt wird, ganz ähnlich wie beim Pökeln, bloß, dass das Gemüse hierbei zugleich auch fermentiert wird. Kimchi muss im Kühlschrank aufbewahrt und gelegentlich geöffnet werden, um den Gärungsdruck abzulassen, den der Kohl entwickelt.

**Kochbananen** sind zwar mit »normalen« Bananen verwandt, haben aber mehr Stärke und können nicht roh verzehrt werden. Unreife Kochbananen sind grün. Mit zunehmender Reife werden sie gelb (mittelreif) und schließlich schwarz (vollreif).

**Kombu** ist eine Art getrockneter Seetang, der in der japanischen Küche verwendet wird, um das Aroma von Brühen zu verstärken. Kombu sollte in einer kühlen Speisekammer gelagert werden.

**Koriander** ist eine Gewürz- und Heilpflanze mit einem zitronigen, leicht pfeffrigen Geschmack. Manche Menschen finden allerdings, dass Koriander wie Seife schmeckt. Auf Wunsch kann Koriander im Verhältnis 3:1 durch Petersilie ersetzt werden.

**Kümmel** ist die getrocknete Frucht der Kümmelpflanze. Kümmel hat einen scharfen, nussigen, pfeffrigen Geschmack mit einem Hauch von Lakritz (Anis). Kümmel kann durch Fenchelsamen ersetzt werden.

**Miso** ist eine aus fermentierten Sojabohnen hergestellte Paste, die häufig in der japanischen Küche verwendet wird. Es gibt verschiedene Sorten Miso, darunter weißes (mit dem mildesten Geschmack) und rotes (mit längerer Reifezeit, wodurch es salziger und intensiver im Geschmack ist). Miso sollte möglichst in einem luftdicht verschlossenen Behälter im Kühlschrank aufbewahrt werden.

**Meerrettich** ist eine scharfe, würzige Wurzel, die man im Ganzen, gerieben oder als Paste kaufen kann. Meerrettich sollte im Kühlschrank aufbewahrt werden. Auf Wunsch kann Meerrettich durch Wasabi oder Senfpulver ersetzt werden.

**Niboshi** sind getrocknete junge Sardinen. Sie können als Snack genossen oder zum Würzen von Brühen verwendet werden.

**Queso Fresco** ist ein frischer, mexikanischer Weichkäse aus Kuhmilch. Der Käse hat einen salzigen, milden Geschmack und kann bei Bedarf durch Feta ersetzt werden. Queso Fresco sollte im Kühlschrank aufbewahrt werden.

**Schwarzer Essig** ist ein dunkler, fermentierter Essig, der aus Klebreis hergestellt wird. Er besitzt einen säuerlichen, zugleich aber auch leicht süßlichen Geschmack. Bei Bedarf könnt ihr schwarzen Essig durch einen anderen Reisessig ersetzen. Schwarzer Essig sollte in einer kühlen Speisekammer aufbewahrt werden.

**Seitan** ist Weizenmehl, dem der Großteil an Stärke entzogen wurde, sodass nur die Weizenproteine übrig geblieben sind. Der Proteingehalt von Seitan liegt zwischen 75 und 85 %. Wird Seitan einem Teig zugesetzt, wird dieser dadurch zäher und elastischer.

**Shaoxing-Reiswein** wird in der chinesischen Küche verwendet. In einer kühlen Speisekammer ist er etwa sechs Monate haltbar.

**Tahin** ist eine Paste, die aus gemahlenen weißen Sesamsamen und Öl hergestellt wird. Fertig gekauftes Tahin kann bis zu sechs Monate in der Speisekammer aufbewahrt werden.

**Tomatillos** – nicht zu verwechseln mit grünen Tomaten – sind säuerliche, von einer papierartigen Schale umhüllte Früchte, die ursprünglich aus Mexiko stammen. Tomatillos mit Schale können im Kühlschrank bis zu zwei Wochen aufbewahrt werden.

**Wacholderbeeren** sind die kleinen, säuerlichen, nach Kiefernnadeln schmeckenden Samenzapfen von Wacholderbäumen. Sie können im Ganzen verwendet oder feiner zermahlen werden. Wacholderbeeren passen besonders gut zu Wildfleisch.

**Weizenkleie** ist die äußere Schicht des Haferkorns. Weizenkleie enthält einen höheren Anteil an Ballaststoffen und Antioxidantien. Alternativen für Weizenkleie sind Haferkleie und Reiskleie.

**Weizenkorn** sind ganze Roggenkörner, bei denen die Schale entfernt wurde und keine weitere Verarbeitung stattfand.

**Wildschweinfleisch** ist mager und leicht würzig. Da Wildschweine im Allgemeinen wesentlich aktiver sind als Hausschweine, wird ihr Fleisch schneller gar als normales Schweinefleisch. Wildschweinfleisch kann durch dasselbe Teilstück vom Schwein ersetzt werden. Beachtet in diesem Fall aber, dass die Garzeiten unterschiedlich sind!

*Dieses Tagebuch ist Eigentum des angesehenen Kochs Milduf Ebergriller. Falls ihr es gefunden habt, sorgt bitte dafür, dass es seinen Weg zurück in meine Taverne in Kettenkratz findet. Es sei denn natürlich, ich habe mich übernommen und ihr habt das Buch neben dem gefunden, was nach meinem gefährlichen Abenteuer noch von mir übrig ist. In diesem Fall, schätze ich, gehört es jetzt euch.*

# ABSCHIED VON FAHLLICHT

Von der Mauer von Fahllicht aus beobachte ich zwei Himmelsgleiter, die über einem Rudel bösartiger Plünderer kreisen. Das Sonnenlicht glitzert auf den messerscharfen Schwänzen der Kreaturen. Morgen früh werde ich dort draußen in der ungezähmten Wildnis des Verbotenen Westens sein – nicht unbedingt der beste Ort für einen wenig kampferprobten Oseram-Koch.

Dabei schien es mir vor ein paar Nächten noch eine gute Idee zu sein, die sicheren Grenzen des Sonnenreichs endlich hinter mir zu lassen. Ich arbeitete gerade in der Küche der Taverne von Kettenkratz. Ein Oseram-Bauch ist schwer zu füllen und an jenem Abend kam eine große Gruppe davon in die Stadt. Gilvarn, ein einheimischer Bergmann, schlang an der Theke meinen Eintopf hinunter und sah zu, wie ich in aller Hast Wildschwein schmorte und Faserwurz raspelte, um die Neuankömmlinge zu verköstigen.

Ich bemerkte, wie der Anführer der Gruppe auf meinen Tresen zusteuerte, so schnurgerade und zielsicher wie ein Stürmer. Mein Magen rebellierte. War ich zu sparsam mit dem Bitterkraut gewesen? Waren meine Teigbällchen zu teigig? Nicht rund genug? Würde er mir abnehmen, dass meine Tränen von den zwar aromatischen, aber übel riechenden Ausdünstungen der Faserwurz herrührten?

Der Mann streckte mir einschüchternd seine schwielige Hand entgegen. Er stellte sich als Arvund vor und bedankte sich bei mir. Er sagte, meine herzhafte Mahlzeit würde für einige Zeit das letzte anständige Essen für seine Leute sein, denn sie waren auf dem Weg in den gefährlichen Westen. Dann schob er mir über die Theke eine Handvoll Scherben hin und meinte, wenn ich mich ihrer tollkühnen Expedition als Koch anschließen würde, gäbe es noch viel mehr davon.

Als Gilvarn diese Worte zufällig hörte und sich unwillkürlich ausmalte, ich wäre da draußen in der Wildnis unterwegs, musste er so heftig schnauben, dass ihm der Eintopf aus der Nase spritzte. Ich wurde rot wie ein heißer Ofen. Die Wahrheit ist: Der einzige Ort, an den ich mich bis dahin gewagt hatte, war die Vorratskammer. Mein Wissen über die Wildnis beschränkt sich darauf, dass ich von Jägern auf der Durchreise irgendwelche Geschichten darüber gehört hatte.

Doch in diesem Moment erinnerte ich mich daran, wie ich einige Monate zuvor tapfer einer Bande lokaler Raufbolde die Stirn geboten hatte. In mir regte sich etwas, das an Mut erinnerte, auch wenn es sich dabei in Wahrheit wohl eher um Torheit handelte. So laut, dass Gilvarn und der Rest der Taverne es unweigerlich mitbekamen, verkündete ich, dass ich nur zu gern durch die gefährliche, von tödlichen Maschinen verseuchte Wildnis reisen würde. Ich bin dabei! Ich muss zugeben, ich habe ein ziemliches Spektakel daraus gemacht. Ihr hättet ihre Gesichter sehen sollen – große Augen und die Münder offen vor Überraschung und Sorge.

Ich kann jetzt nicht mehr nach Kettenkratz zurück. Das würde meinen Ruf auf ewig ruinieren.

Doch in jener Nacht dachte ich vor allem an die Scherben, die ich verdient hatte, und an einen großen Traum, von dem ich nie gedacht hätte, dass er einmal tatsächlich in greifbare Nähe rücken könnte: ein eigenes Lokal. Ich sah es schon vor mir: *Mildufs Verbotene Fressalien.* Jedes Gericht auf der Speisekarte würde von meiner epischen Expedition in den Westen inspiriert und mit nichts vergleichbar sein, was bislang je ein Oseram gekostet hatte. Die Schlange der Gäste, die unbedingt einen Tisch haben wollen, würde die gesamte Hauptstraße hinabführen.

Und so packte ich nach einer schlaflosen Nacht in meiner Koje meine treue Grillpfanne ein und schloss mich Arvunds Gruppe auf ihrem Treck nach Fahllicht an.

In diesem Tagebuch will ich die Rezepte und Erlebnisse meiner Reise niederschreiben. Doch jetzt sollte ich erst einmal aufbrechen. Dieser Carja-Grenzposten lässt mich nicht aus den Augen. Anscheinend dient die Mauer »nur zu Sicherheitszwecken«. Er meint, ich würde »die Wachen ablenken«, und beharrt darauf, dass es nicht nötig sei, »alles, was ich schreibe, gleichzeitig vernehmlich vor mich hin zu brabbeln.«

Na, der wird schon sehen! In ein paar Monaten wird er einer von denen sein, die sich auf der langen Warteliste von *Mildufs Verbotene Fressalien* in Meridian wiederfinden – und zwar ganz hinten!

# DIE UTARU

## — REINKLANG —

Ich glaube allmählich, die Bezeichnung »Verbotener Westen« ist nicht eindeutig genug. Warum nicht »Verlassener Westen«? »Tödlicher Westen«? Oder »Komm-hier-ja-nicht-her-wenn-dir-dein-Leben-lieb-ist-Westen«?

Gewiss, bislang haben sich Arvunds Leute um die Maschinen gekümmert (mehr oder weniger). Aber bei jedem Knarren der Wagenräder fürchte ich, dass jeden Moment ein Grauhabicht auftaucht und Milduf-Hackfleisch aus mir macht. Mal ehrlich, ist es denn zu viel verlangt, dass diese Stöberer regelmäßig ihre Achsen ölen?!

Abgesehen davon, dass ich ständig gegen die Überzeugung ankämpfen muss, so gut wie tot zu sein, sind die Dinge, die ich zu sehen kriege, ebenso atemberaubend wie erschreckend. Gestern sind wir unter den verrosteten Tentakeln eines längst toten Metallteufels hindurchgegangen. Arvund flüsterte immer wieder, dass die Retterin von Meridian eine solche Maschine in fernen Ländern besiegt hätte. In der Hoffnung, so vielleicht das Wohlwollen der Gruppe zu gewinnen, erwähnte ich beiläufig, die Retterin selbst schon getroffen zu haben – sie hatte mir sogar eine provisorische Grillpfanne besorgt!

Arvund lachte und schlug vor, ich solle mich auf das Kochen von Mahlzeiten konzentrieren, nicht auf wilde Fantastereien. Hoffen wir mal, er mag sein Wildschwein gern eine Minute zu lange geschmort!

Anstatt mich auf das Niveau seiner abfälligen Bemerkung herabzulassen, richtete ich mein Augenmerk auf die verblüffenden Ruinen, die die Region beherrschten. Jede Einzelne sah aus wie eine riesige Servierschüssel, die auf eisernen Beinen hoch über dem Boden aufragte. Wie gewaltig waren die Kreaturen, die die Alten hier fütterten?

Unser erstes Ziel, die Utaru-Hauptstadt Reinklang, war auf dreien dieser großen Schüsseln erbaut und wirkte am Horizont auf den ersten Blick wie ein monströser grüner Salat.

Ich könnte mir keinen Ort vorstellen, der weniger nach Oseram aussieht! Klar, nirgends war eine Schmiede, eine Schmelzhütte oder irgendwelches Mauerwerk in Sicht, doch der Anblick

war ohne Frage erstaunlich. Anstelle von Eisen und Stein sind die Gebäude kunstvoll aus hellem, biegsamem Holz geflochten und in üppiges Laub gehüllt – ein Brandrisiko sondergleichen!

Zusammen mit der Mannschaft stieg ich die hölzernen Laufstege hinauf. Dann trennten wir uns, um unsere Vorräte für die weitere Reise aufzustocken. Nach ein paar verwirrenden Umwegen und der Begegnung mit einer Gruppe mürrischer Musikanten, die sich der »Chor« nennt, führte mein Weg mich schließlich zu Daen, dem hiesigen Koch.

Daen beantwortete meine vielen Fragen zur Ernährungsweise der Utaru. Er erklärte mir, dass die Ernte des Stammes hauptsächlich von einer Herde gutmütiger Pflughörner stammt, die sie Landgötter nennen. Darum können sich viele Utaru den ganzen Tag aufs Weben, Handwerken und – in Daens Fall – aufs Kochen konzentrieren.

Sein Essen war merkwürdig, aber köstlich. Statt von einzelnen Tellern zu essen, saßen Daen, seine Verwandten und ich um eine einzige große Servierplatte herum, die randvoll mit Weizenschnitten, Fettkraut-Häppchen und Neuwuchsbrei beladen war. Wir taten uns an der Platte gütlich wie Plünderer, die sich über eine kostbare Beute hermachen. Vielleicht zum ersten Mal verstand ich wirklich, was es heißt, eine Mahlzeit mit anderen zu teilen.

Leider musste ich bei meiner Rückkehr feststellen, dass der Rest unserer Truppe und ihre Mägen nicht so aufgeschlossen und experimentierfreudig waren wie ich. Sie murrten über die fleischlose Ernährung der Utaru und beharrten darauf, dass sie nicht gewillt seien, die ganze Reise über zu essen wie Eichhörnchen. Um ehrlich zu sein, kann ich ihren Standpunkt in gewisser Weise sogar nachvollziehen, denn wir alle hatten bis tief in die Nacht unter unseren bohnenlastigen Mahlzeiten zu leiden. Das war nicht zu überhören.

Trotzdem bin ich nach dieser ersten Etappe zuversichtlich, dass diese Expedition schon nicht so schlimm werden wird.

# FETTKRAUT-HÄPPCHEN

Ich bin zwar noch nicht lange im Verbotenen Westen, aber mein kulinarischer Horizont hat sich bereits erweitert. Wie sich gezeigt hat, braucht man nicht zwangsläufig Fleisch, um ein herzhaftes Gericht zuzubereiten, solange man die Gewürze sorgfältig austariert und über einen soliden Vorrat an Fettkraut verfügt. Selbst einige von Arvunds Fleischfressern wissen diese köstlichen Bissen zu schätzen. Das habe ich zumindest aus ihrem Chor von Rülpsern herausgehört.

**SCHWIERIGKEIT:** ◆◆◇◇◇

**VORBEREITUNG:** 15 Minuten **KOCHZEIT:** 30 Minuten **ERGIBT:** 4 Portionen **ERNÄHRUNGSHINWEISE:** Vegan, Alkohol

### FETTKRAUT-HÄPPCHEN

30 g Speisestärke
2 TL Salz
½ TL gemahlener schwarzer Pfeffer
450 g fester Tofu, in mundgerechte Stücke geschnitten
Rapsöl, für die Pfanne
2 Knoblauchzehen, gehackt

### SOSSE

2 EL Sojasoße
1 EL Shaoxing-Reiswein
1 TL Reisessig
1 TL gemahlener Zimt
½ TL Fenchelpulver
½ TL gemahlener Sternanis
1 TL gemahlener schwarzer Pfeffer

1. In einer mittelgroßen Schüssel die Speisestärke, das Salz und den Pfeffer vermischen. Den Tofu hinzufügen und durchschwenken. Alle Zutaten für die Soße in einer kleinen Schüssel vermischen.
2. Bei mittlerer bis hoher Hitze 1 TL Rapsöl in einer mittelgroßen Pfanne erwärmen. Den Tofu dazugeben und anbraten, bis er ringsum leicht gebräunt ist (ca. 3 bis 5 Minuten pro Seite). Auf einen Teller geben.
3. Noch mehr Öl und den Knoblauch hinzufügen und goldbraun anschwitzen (ca. 2 bis 4 Minuten).
4. Die Soße und den Tofu dazugeben und köcheln lassen, bis der Tofu die Soße aufgesogen hat und ringsum damit überzogen ist (ca. 3 Minuten).

# NEUWUCHSBREI

In früheren, schwierigen Zeiten verzehrten die pflanzenliebenden Utaru auch Fleisch, und zwar meist in Form eines Gerichts mit dem unappetitlichen Namen »Altholz-Suppe«. Inzwischen sind sie zwar wieder zu ihrer rein pflanzlichen Ernährung zurückgekehrt, aber viele haben sich an diese spezielle Speise gewöhnt. Darum entwickelte Daen diese fleischlose Alternative. Da ich die ursprüngliche Version nie gekostet habe, kann ich dazu nicht viel sagen, aber *diese* Variante ist ein wahrer Genuss!

**SCHWIERIGKEIT:** ◆◆◇◇◇

**VORBEREITUNG:** 45 Minuten **INAKTIV:** 8 Stunden **KOCHZEIT:** 1 Stunde

**ERGIBT:** 4 bis 6 Portionen **ERNÄHRUNGSHINWEISE:** Vegetarisch, laktosefrei, glutenfrei

- 75 g getrocknete Adzukibohnen
- 70 g Klebreis
- 2 EL Walnüsse, zerkleinert
- 1 l Wasser
- 1 Stück frischer Ingwer (ca. 1½ cm groß), gestiftelt
- 2 EL Honig
- 2 EL Zucker
- 2 TL Salz

**1.** Die Adzukibohnen in eine große Schüssel mit so viel Wasser geben, dass die Bohnen gerade so damit bedeckt sind. Mit einem Geschirrtuch abdecken und sechs Stunden einweichen lassen.

**2.** Nach Ablauf der Zeit den Reis und die Walnüsse mit in die Schüssel geben und weitere zwei Stunden einweichen lassen.

**3.** Bei mittlerer bis hoher Hitze einen mittelgroßen Topf mit 1 l Wasser zum Kochen bringen. Die Bohnen, den Reis und die Walnüsse abgießen.

**4.** Sobald das Wasser kocht, die Bohnen, den Reis und die Walnüsse in den Topf geben. Ein paar Mal umrühren und erneut zum Kochen bringen. Nach dem Aufkochen noch einmal durchrühren, die Hitze reduzieren und zugedeckt 40 bis 50 Minuten köcheln lassen bzw. so lange, bis alle Zutaten gar und weich sind.

**5.** Den Ingwer, den Honig, den Zucker und das Salz hinzufügen und gut durchrühren. Abschmecken und bei Bedarf mit zusätzlichem Salz und Zucker würzen.

**HINWEIS:** *Dieses Gericht kann man gut mit einem weich gekochten oder pochierten Ei garnieren!*

# GRÜNMARK AUF WEIZENSCHNITTE

Manche Köche – vor allem in Lokalen, in denen hochnäsige Carja-Hochgeborene verkehren – meinen, gute Rezepte müssten kompliziert und aufwendig sein. Das ist Unsinn. Ich finde, je einfacher, desto besser – außerdem werden meine Gäste so schneller satt. Dieses mit Honig beträufelte Gericht der »Blattfresser« ist dafür der beste Beweis. Am besten serviert ihr das Grünmark auf Weizenschnitten, für die ich ebenfalls ein Rezept niederschreiben werde.

**SCHWIERIGKEIT:** ◆◇◇◇◇

**VORBEREITUNG:** 10 Minuten **ERGIBT:** 1 Portion **ERNÄHRUNGSHINWEISE:** Vegetarisch, laktosefrei

½ Avocado
1 dicke Scheibe Weizenschnitte (S. 25), pur oder nach Belieben getoastet
1 EL Honig
3 bis 4 kleine Scheiben Honigwabe
1 Radieschen, in Scheiben geschnitten
Salz, nach Belieben
Gemahlener schwarzer Pfeffer, nach Belieben

1. Die Avocado in eine Schüssel geben und leicht pürieren, bis sie die gewünschte Konsistenz hat.
2. Auf die Weizenschnitte geben und gleichmäßig darauf verteilen. Mit dem Honig beträufeln und mit ein paar kleinen Honigwabenscheiben belegen. Mit Salz und Pfeffer würzen. Zum Schluss mit dem Radieschen garnieren.

# WEIZENSCHNITTEN

Gutes Brot zu backen kann schwieriger sein, als einen aufgescheuchten Gräber zu bändigen, doch dieses Utaru-Rezept ist fast genauso narrensicher wie köstlich. Der Duft des im Ofen gebackenen Weizenbrots ist wie ein Hauch guter Laune, zum Einatmen. Ich könnte schwören, dass ich bei jedem Bissen das harmonische Summen von Utaru-Stimmen hören konnte.

**SCHWIERIGKEIT:** ◆◆◆◇◇

**VORBEREITUNG:** 30 Minuten **INAKTIV:** 24 Stunden **BACKZEIT:** 50 Minuten
**ERGIBT:** 1 Laib **ERNÄHRUNGSHINWEISE:** Vegetarisch, laktosefrei

375 g Weizenvollkornmehl
105 g Brotmehl zzgl. etwas mehr, zum Bestreuen der Arbeitsfläche
1 EL Salz
2 TL aktive Trockenhefe
560 ml warmes Wasser
85 g Honig

**AUSRÜSTUNG**

Schmortopf

**1.** In einer großen Schüssel die Mehle, das Salz und die Trockenhefe vermischen. Das warme Wasser und den Honig in einer kleinen Schüssel verrühren, bis sich der Honig vollständig aufgelöst hat.

**2.** Das Honigwasser mit in die große Schüssel gießen und durchmischen, bis sich das Ganze zu einem Teig zusammenfügt. Zu diesem Zeitpunkt ist der Teig extrem klebrig.

**3.** Die Schüssel abdecken und bei Zimmertemperatur eine Stunde gehen lassen. Dann in den Kühlschrank stellen und weitere 18 bis 24 Stunden gehen lassen.

**4.** Den Teig aus dem Kühlschrank nehmen und die Arbeitsfläche und eure Hände großzügig mit Brotmehl bestäuben. Den Teig aus der Schüssel nehmen, leicht kneten und zu einer runden Kugel formen. Auf ein Stück Backpapier legen, mit einem Geschirrtuch abdecken und eine Stunde gehen lassen.

**5.** Den Ofen auf 220 °C vorheizen. Einen leeren Schmortopf mit Deckel in den Ofen stellen und 30 Minuten erwärmen. Sobald der Teig aufgegangen ist, mit einem kleinen, scharfen Messer ein X in die Oberseite des Laibs ritzen.

**6.** Den Teig auf dem Backpapier in den vorgewärmten Schmortopf geben. Den Deckel auflegen und 35 Minuten backen. Den Deckel abnehmen und weitere zehn bis 15 Minuten backen bzw. so lange, bis das Brot fertig ist. Vor dem Aufschneiden auf einem Gitterrost vollständig abkühlen lassen.

# PIKANTE TOFU-DELIKATESSE

Fettkraut, Fettkraut, Fettkraut ... Die Utaru essen dieses Zeug ständig. Das setzt ihre Köche unter großen Druck, denn sie müssen sich raffinierte Rezepte und Zubereitungsmethoden einfallen lassen, um diesem Grundnahrungsmittel immer wieder neues Leben einzuhauchen. Daen verwendet unter anderem ein dunkelbraunes, fermentiertes Gewürz, um ein bisschen Feuer in den Wald zu bringen, wenn ihr versteht. Ich hoffe, dieses Gericht treibt vielen Oseram künftig den Schweiß auf die Stirn.

**SCHWIERIGKEIT:** ◆◆◇◇◇

**VORBEREITUNG:** 1 Stunde **INAKTIV:** 24 Stunden **KOCHZEIT:** 20 Minuten **ERGIBT:** 4 Portionen **ERNÄHRUNGSHINWEISE:** Vegan

### EINGELEGTES GEMÜSE

120 ml Wasser
120 ml Reisessig
1 EL Apfelessig
1 EL Ahornsirup
1 Prise Salz
½ Salatgurke, in dünne Scheiben geschnitten
½ Daikonrettich, in dünne Scheiben geschnitten
½ Karotte, in dünne Scheiben geschnitten

### PIKANTE TOFU-DELIKATESSE

450 g fester Tofu, in mundgerechte Stücke geschnitten
20 g Gochujang (scharfe koreanische Gewürzpaste)
120 ml Sojasoße
2 EL Ahornsirup
1 EL Reisessig
1 TL Sesamöl
1 TL Kartoffelstärke
Rapsöl, für die Pfanne
6 Shiitake-Pilze, in Scheiben geschnitten
170 g Mini-Pak-Choi, in mundgerechte Stücke geschnitten
3 Frühlingszwiebeln, in dünne Ringe geschnitten

### ZUM ANRICHTEN

370 g gekochter Reis
120 g Kimchi, zerkleinert

### DAS EINGELEGTE GEMÜSE ZUBEREITEN:

**1.** Das Wasser, den Reisessig, den Apfelessig, den Ahornsirup und das Salz in einem großen, luftdicht verschließbaren Behälter vermengen. Die Gurke, den Daikonrettich und die Karotte hinzufügen. Den Behälter verschließen und für mindestens 24 Stunden in den Kühlschrank stellen. Im Kühlschrank ca. 1½ Wochen haltbar.

### DIE PIKANTE TOFU-DELIKATESSE ZUBEREITEN:

**2.** Den Tofu auf einen Teller geben, mit einem weiteren Teller bedecken und einen schweren Gegenstand (z. B. eine gusseiserne Pfanne oder ein paar Konservendosen) darauf stellen. Zehn Minuten ruhen lassen, um möglichst viel überschüssige Flüssigkeit aus dem Tofu herauszupressen. In einer großen Schüssel die Gochujang, die Sojasoße, den Ahornsirup, den Reisessig, das Sesamöl und die Kartoffelstärke vermischen und mit einem Schneebesen verrühren, bis eine glatte Masse entsteht. Den Tofu hinzufügen, abdecken und eine Stunde im Kühlschrank marinieren lassen.

**3.** Bei mittlerer bis hoher Hitze in einer großen Pfanne 1 TL Rapsöl erwärmen. Den Tofu in einem Sieb abtropfen lassen, um die überschüssige Marinade zu entfernen, aber mindestens 60 ml der Marinade auffangen.

**4.** Den Tofu in die Pfanne geben und ringsum leicht anbraten (ca. 2 bis 3 Minuten pro Seite). Auf einen Teller geben.

**5.** Noch etwas mehr Rapsöl in die Pfanne geben und die Shiitake-Pilze und den Pak Choi hinzufügen. So lange garen, bis das Gemüse weich ist (ca. 5 bis 8 Minuten). Die Frühlingszwiebeln dazugeben und weitere drei Minuten garen.

**6.** Den Tofu und die aufgefangene Marinade hinzufügen. So lange köcheln lassen, bis der Tofu die Soße aufgesogen hat (ca. 3 Minuten).

**7.** Mit dem gekochten Reis, dem Kimchi und dem eingelegten Gemüse servieren.

# SAUERFRUCHT-TARTE

Dieses Beerengebäck hat einen süß-säuerlichen Geschmack, der mit nichts in Hauptquell vergleichbar ist. Ich male mir aus, wie ich diese Törtchen zubereite und im Schaufenster meines Lokals ausstelle, damit die leuchtenden Farben die Leute anlocken. Ich kann mir gut vorstellen, dass diese Leckerei bei den eher ländlichen, provinziellen Gemütern großen Anklang finden würde.

**SCHWIERIGKEIT:** ◆◆◆◆◆

**VORBEREITUNG:** 1 Stunde **INAKTIV:** 8 Stunden **BACKZEIT:** 25 Minuten
**ERGIBT:** 12 Törtchen **ERNÄHRUNGSHINWEISE:** Vegetarisch, Alkohol

**KONDITORENCREME**

6 Eigelb
100 g Zucker
1 Limette, Saft und Abrieb
1 TL Salz
30 g Speisestärke
500 ml Kokosmilch
1 Vanilleschote, waagerecht aufgeschnitten, das Mark ausgekratzt
2 Kardamomschoten, zerdrückt

**DIE KONDITORENCREME ZUBEREITEN:**

**1.** Das Eigelb, 2 EL Zucker, den Limettensaft, die Limettenschale, das Salz und die Speisestärke in einer mittelgroßen Schüssel verrühren. Den restlichen Zucker, die Kokosmilch, die Vanilleschote, das Vanillemark und die Kardamomschoten in einem mittelgroßen Topf vermischen und auf mittlerer Stufe erhitzen. Sobald das Ganze zu kochen beginnt, die Hitze auf niedrig reduzieren.

**2.** ⅓ der Mischung abnehmen und langsam mit dem Schneebesen in die Schüssel mit dem Eigelb einarbeiten. Diesen Vorgang zweimal wiederholen.

**3.** Die Eigelbmischung langsam, nach und nach, in den Topf geben, die Hitze auf mittel erhöhen und mit dem Schneebesen verrühren, bis das Ganze eindickt.

**HINWEIS:** *Dieser Schritt dauert ca. 10 Minuten und ist relativ anstrengend, aber letztlich fügt sich das Ganze zu einer hübschen Creme zusammen!*

**4.** Sobald der Boden eingedickt ist, vom Herd nehmen. Die Vanilleschote und die Kardamomschoten entfernen und entsorgen. Die Creme in einen luftdicht verschließbaren Behälter füllen und auf Zimmertemperatur abkühlen lassen.

**5.** Mit dem Deckel verschließen und acht Stunden im Kühlschrank abkühlen lassen. So ist die Creme bis zu drei Tage haltbar.

### TARTEBÖDEN

140 g Mehl Type 550
50 g Mandelmehl
60 g Puderzucker
½ TL Salz
120 g ungesalzene Butter, gekühlt und gewürfelt
2 Eigelb
1 TL Vanillepaste
1 EL Kokosmilch

### GLASUR

180 g Aprikosenkonfitüre
1 EL Zitronensaft
2 EL Amaretto

### ZUM ZUSAMMENFÜGEN

12 Tarteböden
700 g Beeren, beliebige Sorte

### AUSRÜSTUNG

Tarteförmchen mit ca. 10 cm Ø
Kuchengewichte

### DIE TARTEBÖDEN ZUBEREITEN:

**6.** Das Mehl Type 550, das Mandelmehl, den Puderzucker und das Salz in einer Küchenmaschine vermischen. Die gewürfelte Butter hinzugeben. So lange verrühren, bis die Masse an Streusel erinnert.

**7.** Die Eigelbe, die Vanillepaste und die Kokosmilch hinzufügen. So lange durcharbeiten, bis ein Teig entsteht. Anschließend den Teig leicht mit den Händen durchkneten, damit er sich zusammenfügt. In zwei gleich große Portionen aufteilen, jeweils in Frischhaltefolie einwickeln und für mindestens eine Stunde in den Kühlschrank geben.

**8.** Eine der Teigportionen nehmen und in vier gleich große Stücke teilen. Eins der Stücke auf die Größe eines Tarteförmchens mit ca. 10 cm Ø ausrollen. Den Teig vorsichtig in das Förmchen legen und den Überstand wegschneiden. Den Boden der Tarte mit einer Gabel einstechen und auf ein Backblech legen. Diesen Vorgang mit den restlichen Teigstücken wiederholen. Das Backblech mit den Tarteböden vor dem Backen für zehn Minuten in den Gefrierschrank geben.

**HINWEIS:** *Falls ihr nur ein paar kleine Tarteförmchen habt, könnt ihr die Vorbereitungs- und Backschritte auch in kleineren Mengen durchführen. Achtet aber darauf, den nicht verwendeten Teig im Kühlschrank aufzubewahren, bis eure Förmchen vollständig abgekühlt und bereit für den nächsten Durchgang sind.*

**9.** Den Ofen auf 190 °C vorheizen. Ein kleines Stück Backpapier auf jeden der Tarteböden legen. Mit den Kuchengewichten (oder trockenen Bohnen) beschweren, um zu verhindern, dass die Böden aufgehen. Zehn Minuten backen.

**10.** Die Tarteböden aus dem Ofen nehmen und das Backpapier sowie die Gewichte entfernen. Zurück in den Ofen schieben und weiterbacken, bis die Böden goldbraun sind (ca. 3 bis 5 Minuten). Die Tarteböden etwas abkühlen lassen. Erst dann aus den Förmchen lösen und auf einem Gitterrost vollständig abkühlen lassen.

### DIE GLASUR ZUBEREITEN:

**11.** Alle Zutaten für die Glasur in einen kleinen Topf geben, bei mittlerer Hitze erwärmen und mit einem Schneebesen verrühren. Vom Herd nehmen und beiseitestellen.

### ALLES ZUSAMMENFÜGEN:

**12.** Die Creme in die Tarteböden geben und die Oberfläche so glätten, dass die Creme mit den oberen Rändern der Böden abschließt.

**HINWEIS:** *Fügt die Tartes erst zusammen, wenn ihr sicher seid, dass sie noch am selben Tag verzehrt werden, denn die Creme und die Glasur ziehen nach einer Weile in die Tarteböden ein und machen sie matschig.*

**13.** Nach Belieben mit verschiedenen Beeren garnieren. Das Obst vorsichtig mit der Glasur bestreichen, um den Früchten einen schönen Glanz zu verleihen. Im Kühlschrank sind die Tartes bis zu acht Stunden haltbar.

# LANDGOTT-TRUNK

Dieses Getränk vereint die süßesten Zutaten, die das Land der Utaru zu bieten hat, und wird traditionell bei saisonalen Festen genossen, wo die Leute zu Ehren ihrer Landgötter, die ihnen eine fruchtbare Ernte geschenkt haben, einen Krug davon heben. Die Blüten werden von den Utaru sehr geschätzt und nachdem ich sie gekostet habe, verstehe ich, warum. Es dürfte schwierig sein, sie in Hauptquell anzubauen, aber ich werde tun, was ich kann, um dieses erfrischende Gesöff mit den Zutaten nachzuahmen, die mir dort zur Verfügung stehen.

**SCHWIERIGKEIT:** ◆◇◇◇◇

**VORBEREITUNG:** 30 Minuten **INAKTIV:** 8 Stunden **KOCHZEIT:** 30 Minuten
**ERGIBT:** 2 Smoothies **ERNÄHRUNGSHINWEISE:** Vegetarisch, laktosefrei

### HOLUNDERBLÜTENSIRUP

250 g Honig
2 Limetten, in Scheiben geschnitten
120 ml Wasser
1 EL Holunderblüten

### SMOOTHIES

170 g Spinat
1 gefrorene Banane
120 g TK-Mango
¼ reife Avocado
250 ml Kokosmilch
2 EL Holunderblütensirup

### AUSRÜSTUNG

Mixer/Pürierstab

### DEN HOLUNDERBLÜTENSIRUP ZUBEREITEN:

1. Den Honig, die Limetten und das Wasser in einem kleinen Topf vermischen und bei mittlerer bis hoher Hitze zum Kochen bringen. Sobald sich der Honig vollständig aufgelöst hat, die Holunderblüten hinzufügen und das Ganze zum Köcheln bringen. Vom Herd nehmen, den Deckel auflegen und zehn Minuten ziehen lassen.

2. In einen luftdicht verschließbaren Behälter abseihen. Auf Zimmertemperatur abkühlen lassen. Vor dem Verwenden mindestens acht Stunden im Kühlschrank kaltstellen. Der Sirup ist bis zu zwei Wochen haltbar. Dieses Rezept ergibt genug Sirup für ungefähr 16 Smoothies.

### DIE SMOOTHIES ZUBEREITEN:

3. Alle Zutaten in einen Mixer geben und glatt und geschmeidig durcharbeiten. Gleichmäßig auf zwei große Gläser verteilen.

# DIE WÜSTEN-TENAKTH

## — SALZFALL —

Die ersten Anzeichen für Schwierigkeiten zeigten sich an der Wendung. Wir passierten die hohen Mauern dieses Grenzübergangs und fanden den Außenposten verlassen, verbrannt und von Bolzen durchbohrt, als hätte hier noch vor Kurzem eine Schlacht getobt. Ich war mir sicher, dass sich dort oben irgendwo noch ein Nachzügler versteckte, der nur auf eine günstige Gelegenheit wartete, mit seinen Feuerpfeilen einen Oseram-Grillspieß aus mir zu machen.

Doch wider Erwarten gab es keine Zwischenfälle. Dafür befanden wir uns jetzt in der harschen Tenakth-Wüste. Das trockene Gras knirschte unter unseren Stiefeln wie verbranntes Gebäck. Selbst einfachste Zutaten wie Bohnenstängel und Blassbeeren waren rar. Auch Arvunds Anweisung, Gebiete zu meiden, in denen Einheimische lebten, erschwerte das Beschaffen von Vorräten.

Was mich betraf, so hatte ich zu wenige Hände, zu wenige Grillpfannen und gelegentlich auch zu wenige Zutaten. Damit fiel mir die undankbare Aufgabe zu, unser Essen zu rationieren. Ich hatte kein Verlangen, mir den Zorn der jähzornigen Stöberer zuzuziehen, die bei jeder Gelegenheit sofort die Fassung verloren. Als ich am frühen Morgen das Schnattern von Gänsen vernahm, kam mir ein geistreicher Einfall, wie sich dieses Dilemma lösen ließ, ohne dass es Ärger gab. RÜHREI!

Während die Gruppe schlief, schlich ich mich hinaus. Ich sammelte rasch einen ganzen Haufen Eier und trug bei meiner Auseinandersetzung mit dem rasiermesserscharfen Schnabel der Gänsemutter auch nur geringe Verletzungen davon. Doch als ich siegreich aus dem Nest stieg, sah ich mich unversehens einer Tenakth-Patrouille gegenüber, die mit gezückten Waffen auf mich wartete.

Ich ließ die Eier fallen und sank auf die Knie. Aber mein Flehen verärgerte ihren Anführer, Chatakka, nur noch mehr. Er schnippte mit den Fingern und befahl einem seiner Krieger: »Stopf diesem Dieb das Maul, bevor er mit seinem Gekeife Maschinen anlockt!«

Mit einer Speerspitze im Rücken führten sie mich in ein Dorf, das genauso wild und brutal aussah wie meine Entführer. Die hölzernen Gebäude liefen in scharfen Spitzen zusammen und boten zahlreiche Möglichkeiten, mich aufzuspießen. Ich fragte mich, warum sie einem so furchterregenden Ort einen so appetitlichen Namen wie Salzbiss gegeben haben.

Von meinem Käfig aus hörte ich zufällig, wie die Krieger darüber diskutierten, wie man mich am besten bestrafen solle. Einige sprachen sich dafür aus, mich in den Dünen auszusetzen. Einer fand es besser, mich in der Nähe zu behalten – als Köder für die Maschinen. Wieder ein anderer meinte, meine Tränen wären eine willkommene Feuchtigkeitsquelle. Was ich selbst zu all dem zu sagen hatte, scherte sie nicht.

Schließlich schaltete sich Chatakka in die Debatte ein. Ihm oblag die finale Entscheidung über mein Schicksal – und er beschloss, mich auf dem Kampfplatz um meine Freiheit antreten zu lassen. »Das wird mit Sicherheit unterhaltsam!«, erklärte er lachend.

Während die Sonne unterging, sann ich über mein Ende nach. Doch als die kalte Nacht hereinbrach, war sie nicht allein – *sie* war auch da.

Pentalla. Ihr Haar war zu zwei schmalen Flossen geformt, wie Karpfen, die in einem Bach spielen. Ihr grimmiger Blick konnte einen Raum schlagartig in Finsternis stürzen und ihre dunkle Gesichtsbemalung brachte ihre bezaubernden graubraunen Augen, die im Fackelschein funkelten, nur noch mehr zur Geltung.

Sie stellte eine Schüssel mit Essen neben meinen Käfig und nahm mir den Knebel ab. Ich war zu verblüfft von ihrem Erscheinen, um sie angemessen zu begrüßen – und auch zu hungrig. Ich schnappte mir sofort einen duftenden, knusprigen Bissen aus der Schüssel und schob ihn mir in den Mund. Im ersten Moment war der Geschmack überragend. Dann spürte ich, wie die Schärfe immer weiter zunahm. Zuerst auf meiner Zunge, dann in meinen Augen. Ich versuchte, die Fassung zu wahren, aber ich fürchte, mein Ringen nach Luft hat mich verraten.

»Tut mir leid«, sagte Pentalla. »Mein Lehrling hat die Eidechsenhappen wohl ein bisschen zu stark gewürzt. Nichts Neues bei ihr. Vermutlich ein bisschen unpassend für eine letzte Mahlzeit, aber so ist es nun mal.«

Ich versuchte, ihr zu antworten, brachte aber nur wirre Laute hervor. Gerade, als Pentalla sich zum Gehen wandte, gelang es mir, meine brennende Zunge zu bändigen. »Bidderbladd! Ihr müssd die Schärfe mid Bidderbladd ausgleichen!«

Sie drehte sich zu mir um. »Mit Bitterkraut? Hmm. Wäre vielleicht einen Versuch wert.«

Ich nutzte die Gelegenheit, ihr zu erklären, dass ich ebenfalls Koch sei. Und dass ich nicht wissentlich etwas von ihnen stehlen wollte. Dass ich vielmehr hier war, um Rezepte zu sammeln, Wissen auszutauschen und von anderen Köchen zu lernen, die so fähig waren wie sie. Ihre Antwort darauf war geheimnisvolles Schweigen. Dann verschwand sie in der Nacht.

Am Morgen weckte mich ein nachdrücklicher Tritt in die Rippen.

»Aufwachen! Wir müssen los.«

Ich wischte mir den sandigen Sabber vom Gesicht und sah Pentalla über mir aufragen. »Der Kampfplatz bleibt dir fürs Erste erspart, Koch. Hat mich Salzlende für einen Monat gekostet, aber jetzt obliegt es mir, für deine Bestrafung zu sorgen.«

»Viel Glück da draußen, ihr beiden!«, rief Chatakka uns mit einem Mund voller Lende nach, als wir uns auf den Weg machten.

# SALZBISS-SPEZIALITÄT

Auch wenn der Wüstenklan für seine Stärke bekannt ist, erfordert dieses Gericht ein überraschend feines Händchen. Die Füllung für den Vogel ist einfach zuzubereiten, aber die perfekte Eiertasche zu formen, die sich um diese Füllung schmiegt, braucht etwas mehr Geschick. Zum Glück ist Pentalla mit dem Pfannenwender ebenso geschickt wie mit dem Dolch. Allerdings solltet ihr, wenn ihr die Zutaten für dieses Rezept besorgt, sicherstellen, dass ihr weit weg von irgendwelchen Tenakth-Patrouillen seid.

**SCHWIERIGKEIT:** ◆◆◆◇◇

**VORBEREITUNG:** 30 Minuten **KOCHZEIT:** 45 Minuten **ERGIBT:** 4 Portionen **ERNÄHRUNGSHINWEISE:** Laktosefrei, glutenfrei

### FÜLLUNG

1 Hühnerbrust
2 Knoblauchzehen, zerdrückt
1 Stängel Zitronengras
½ Zitrone, in Scheiben geschnitten
1 Lorbeerblatt
½ TL Salz
20 ml Hühnerbrühe
2 EL Olivenöl
1 rote Paprika, in Scheiben geschnitten
½ Zwiebel, in Scheiben geschnitten
1 TL Chilipulver
1 TL gemahlener Kreuzkümmel
½ TL Knoblauchpulver
½ TL Korianderpulver

### ZUM ANRICHTEN (PRO PORTION)

3 Eier, verquirlt
¼ der Füllung

### DIE FÜLLUNG ZUBEREITEN:

1. Die Hühnerbrust, den Knoblauch, das Zitronengras, die Zitrone, das Lorbeerblatt, das Salz und die Hühnerbrühe in einen kleinen Topf geben. Mit Wasser auffüllen, bis das Huhn vollständig davon bedeckt ist, und bei mittlerer bis hoher Hitze zum Kochen bringen. Die Hitze dann auf niedrig reduzieren und zehn bis 15 Minuten köcheln lassen bzw. so lange, bis das Huhn eine Kerntemperatur von 75 °C erreicht hat. Das Huhn dann aus dem Wasser nehmen und abkühlen lassen. Sobald das Huhn so weit abgekühlt ist, dass man es verarbeiten kann, ohne sich die Finger zu verbrennen, von Hand zerkleinern.

2. Bei mittlerer bis hoher Hitze eine große Pfanne mit Antihaftbeschichtung erwärmen. Das Olivenöl hineingeben und heiß werden lassen. Die Paprika und die Zwiebel hinzufügen und anbraten, bis beides gar ist (ca. 8 bis 10 Minuten). Mit Chilipulver, Kreuzkümmel, Knoblauchpulver und Koriander würzen. Durchschwenken und weiter anschwitzen, bis die Zwiebel goldgelb ist (weitere ca. 8 bis 10 Minuten).

3. Das zerkleinerte Hähnchenfleisch zum Gemüse geben und durchschwenken. Erhitzen, bis das Fleisch wieder warm ist. Vom Herd nehmen und beiseitestellen, bis das Omelett fertig ist.

### ALLES ZUSAMMENFÜGEN:

4. Bei mittlerer Hitze eine mittelgroße Pfanne erwärmen. Mit Antihaftspray besprühen. Sobald die Pfanne heiß ist, die verquirlten Eier hineingeben und mit einem Pfannenwender ein paar Mal sorgsam verrühren. Das Ei gleichmäßig in der Pfanne verteilen und drei Minuten stocken lassen bzw. so lange, bis die Ränder allmählich fest werden. Das Omelett dann vorsichtig wenden und eine weitere Minute garen. Aus der Pfanne nehmen und behutsam auf einen Teller stürzen.

5. Eine große Portion der Füllung auf eine Hälfte des Omeletts geben. Die andere Hälfte darüber klappen, um die Füllung locker damit zu bedecken.

# FESTMAHL MIT SALZLENDE

Da Pentalla diese Speise gegen meine Freiheit eingetauscht hat, wird mir Salzlende auf ewig besonders am Herzen liegen. In der Wüstenhitze monatelang getrocknet, ist dieses gepökelte Fleisch lange haltbar und wird von den Tenakth sehr geschätzt. Selbst wenn Salzlende serviert wird, ist sie stets sorgsam rationiert. Das Fleisch wird in dünne Streifen geschnitten und mit verschiedenen schmackhaften Pasten auf einer großen Platte aufgetischt. Bringt man diese Zutaten mit einem weichen Fladenbrot zusammen, kann man verstehen, warum sich der Handel für Chatakka gelohnt hat!

**SCHWIERIGKEIT:** ◆◆◇◇◇

**VORBEREITUNG:** 1 Stunde **INAKTIV:** 3 Stunden **KOCHZEIT:** 1 Stunde **ERGIBT:** 6 bis 8 Portionen **ERNÄHRUNGSHINWEISE:** –

**HUMMUS**
- 450 g Kichererbsen, abgetropft und abgespült
- 50 g Tahin
- 2 Knoblauchzehen
- 3 EL Zitronensaft
- 3 EL Wasser
- 2 EL Olivenöl
- 1 TL Salz

**BABA GHANOUSH**
- 2 Auberginen
- 120 ml Olivenöl zzgl. etwas mehr, zum Servieren
- 4 Knoblauchzehen
- 70 g Tahin
- ½ TL gemahlener Kreuzkümmel
- 1 TL Salz
- 2 EL Zitronensaft

**DEN HUMMUS ZUBEREITEN:**

**1.** Alle Zutaten für den Hummus in eine Küchenmaschine geben. So lange durcharbeiten, bis die Mischung glatt und geschmeidig ist. Sollte das Ganze zu dickflüssig sein, noch etwas mehr Wasser hinzufügen. In einen luftdicht verschließbaren Behälter umfüllen und im Kühlschrank lagern. So ist der Hummus bis zu einer Woche haltbar.

**DAS BABA GHANOUSH ZUBEREITEN:**

**2.** Den Ofen auf 175 °C vorheizen. Mehrere Löcher in jede Aubergine stechen und mit Olivenöl einreiben. Auf ein Backblech legen und eine Stunde im Ofen garen bzw. so lange, bis die Auberginen weich sind. Dann aus dem Ofen nehmen, abkühlen lassen, die Haut abziehen und entsorgen. Die Auberginen grob in große Würfel schneiden.

**3.** Die Auberginen zusammen mit dem Knoblauch, dem Tahin, dem Kreuzkümmel und dem Salz in eine Küchenmaschine geben. So lange durcharbeiten, bis die Mischung glatt und geschmeidig ist.

### HAYDARI

3 EL ungesalzene Butter
2 Knoblauchzehen, gehackt
1 EL getrocknete Minze
140 g Fetakäse
600 g Naturjoghurt
2 EL frischer Dill, gehackt

### ZUM ANRICHTEN

40 g Kalamata-Oliven
40 g grüne Castelvetrano-Oliven
40 g mit Piment gefüllte Oliven
100 g Artischockenherzen
10 Feigen, halbiert
20 Minitomaten
2 Salatgurken,
in Scheiben geschnitten
10 Radieschen,
in Scheiben geschnitten
170 g Prosciutto
140 g Fetakäse, gewürfelt
5 Fladenbrote, geviertelt

**4.** Bei laufender Küchenmaschine langsam 120 ml Olivenöl und den Zitronensaft einfließen lassen, um alles sorgsam zu vermengen. In einen luftdicht verschließbaren Behälter umfüllen und vor dem Servieren mindestens drei Stunden im Kühlschrank ziehen lassen.

### DIE HAYDARI ZUBEREITEN:

**5.** Bei mittlerer bis hoher Hitze in einer kleinen beschichteten Pfanne die Butter erwärmen. Sobald die Butter geschmolzen ist, den Knoblauch hinzufügen und zwei bis drei Minuten goldgelb anschwitzen. Die getrocknete Minze dazugeben und vom Herd nehmen. Vollständig abkühlen lassen.

**6.** Den Fetakäse in einer mittelgroßen Schüssel zerbröseln. Den Joghurt hinzufügen und verrühren, bis alles gut vermischt ist. Die geschmolzene Butter-Knoblauch-Mischung und den Dill dazugeben. Gut verrühren. In einen luftdicht verschließbaren Behälter füllen. Im Kühlschrank ist das Haydari bis zu einer Woche haltbar.

### ALLES ZUSAMMENFÜGEN:

**7.** Den Hummus, das Baba Ghanoush und die Haydari in separate Schüsseln füllen. Auf einem großen Tablett anrichten und mit den anderen Zutaten garnieren.

# STACHELHALM-PANZER

Der wahre Gradmesser für das Können eines Kochs ist, wie er mit den begrenzten Zutaten umgeht, die ihm in einer bestimmten Region zur Verfügung stehen. Für dieses Rezept kann entweder Stachelhalm (natürlich ohne Dornen) oder die Frucht dieser Pflanze verwendet werden. Beides wird gegrillt, dann in weiche Schalen gefüllt und mit einer Mischung aus erfrischenden Garnituren und einer köstlichen Soße verfeinert. Interessanterweise stellen sich die Tenakth diese Garnituren oft selbst zusammen und passen die Aromen ihren persönlichen Vorlieben an.

**SCHWIERIGKEIT:** ◆◆◆◇◇

**VORBEREITUNG:** 45 Minuten **KOCHZEIT:** 45 Minuten **ERGIBT:** 4 Portionen **ERNÄHRUNGSHINWEISE:** Vegetarisch

### CREMIGE TOMATILLO-SALSA

- 2 Tomatillos, ohne Schale, halbiert
- 1 Knoblauchzehe
- 1 Serrano-Chili
- 1 Poblano-Chili, halbiert und entkernt
- ½ Bund Koriander
- 2 Frühlingszwiebeln
- 1 Limette, Saft
- ½ TL Salz
- 1 TL gemahlener schwarzer Pfeffer
- 115 g Sauerrahm

### DIE CREMIGE TOMATILLO-SALSA ZUBEREITEN:

**1.** Den Backofengrill vorheizen. Die Tomatillos, den Knoblauch und die beiden Chilis auf ein Backblech legen. Das Backblech unter den Ofengrill schieben und grillen, bis die Tomatillos leicht angekohlt sind (ca. 5 Minuten). Alles wenden und weiter grillen, bis die andere Seite leicht angekohlt ist (nochmals ca. 5 Minuten).

**2.** Aus dem Ofen nehmen und abkühlen lassen. In eine Küchenmaschine geben. Den Koriander, die Frühlingszwiebeln, den Limettensaft, das Salz und den Pfeffer hinzufügen. Zu einer glatten, geschmeidigen Masse verarbeiten. Den Sauerrahm dazugeben und durcharbeiten, bis alles gut vermischt ist. Bei Bedarf mit zusätzlichem Salz und Pfeffer abschmecken. In einem luftdicht verschlossenen Behältnis im Kühlschrank ist die Salsa bis zu einer Woche haltbar.

### KAKTUSBLÄTTER

350 g Kaktusblätter, gehackt (vor dem Garen sicherstellen, dass alle Stacheln entfernt wurden)
1 EL Rapsöl
½ Zwiebel, gewürfelt
1 Jalapeño-Chili, gehackt
2 TL Chilipulver
2 TL gemahlener Kreuzkümmel
1 TL Korianderpulver
1 TL mexikanischer Oregano
2 EL Adobo-Soße
60 ml Wasser
Salz, nach Belieben
Gemahlener schwarzer Pfeffer, nach Belieben
½ Bund Koriander

### ZUM ANRICHTEN

Tortillas
Avocado
Koriander
Queso Fresco (mexikanischer Weichkäse)

### DIE KAKTUSBLÄTTER ZUBEREITEN:

**3.** Die Kaktusblätter in ein Sieb geben und abspülen. Einen mittelgroßen Topf mit Wasser zum Kochen bringen. Eine großzügige Prise Salz in den Topf geben. Die Kaktusblätter hineingeben und 20 Minuten köcheln lassen.

**4.** Die Kaktusblätter in einem Sieb abtropfen lassen, dann noch einmal abspülen. Bei mittlerer bis hoher Hitze in einer mittelgroßen beschichteten Pfanne das Rapsöl erwärmen. Die Kaktusblätter hineingeben und erhitzen, bis die gesamte Flüssigkeit verdampft ist und die Kaktusblätter eine goldene Färbung angenommen haben (ca. 10 Minuten).

**HINWEIS:** *Die Flüssigkeit, die die Kaktusblätter beim Garen abgeben, ist sehr schleimig. Es ist ausgesprochen wichtig, so viel Flüssigkeit wie möglich aus den Blättern auszukochen, um diese Schleimigkeit loszuwerden!*

**5.** Die Zwiebel und die Jalapeño hinzufügen und anbraten, bis das Gemüse weich ist (ca. 10 Minuten). Das Chilipulver, den Kreuzkümmel, das Korianderpulver, den mexikanischen Oregano, die Adobo-Soße und das Wasser hinzufügen. Weitere fünf Minuten köcheln lassen, bis die gesamte Flüssigkeit verdunstet ist. Zusätzlich mit Salz und Pfeffer würzen.

**6.** Vom Herd nehmen und den Koriander hinzufügen.

### ALLES ZUSAMMENFÜGEN:

**7.** Für die Zubereitung der Tacos einfach einige Tortillas erwärmen und mit einer großzügigen Menge cremiger Tomatillo-Salsa bestreichen. Nach Belieben mit Avocado, Koriander, Kaktusblättern und Queso Fresco garnieren.

# DER LOHN DER STILLSANDE

Die Hitze in den Stillsanden ist brutal. Nachts jedoch sinken die Temperaturen vor allem in der Nähe der angrenzenden Klippen in den Keller. Pentalla ersann diese geniale Erfrischung, als sie als junge Soldatin langweilige Nachtwachen schieben musste. Bei diesen Nachtwachen hatte sie oft Stachelfruchtsaft zum Trinken dabei. Irgendwann stellte sie fest, dass der Saft in der Kälte gefror. Daraufhin begann sie, diese frostigen Nächte zu nutzen, um eine gefrorene Leckerei zuzubereiten, die – richtig gelagert – als Erholung von der Hitze des Tages genossen werden kann.

**SCHWIERIGKEIT:** ◆◇◇◇◇

**VORBEREITUNG:** 30 Minuten **INAKTIV:** 12 Stunden **ERGIBT:** 5 Stieleis **ERNÄHRUNGSHINWEISE:** Vegan, glutenfrei

240 ml Kaktusfeigenwasser
60 ml Limettensaft
180 ml Kokosmilch
2 EL Zucker

**AUSRÜSTUNG**

Stieleisformen
Eisstiele

1. Alle Zutaten in eine mittelgroße Schüssel geben und mit einem Schneebesen sorgsam verquirlen.
2. Die Mischung in die Stieleisformen füllen. Die Stiele hineinstecken, die Formen verschließen und für mindestens zwölf Stunden in den Gefrierschrank geben, am besten über Nacht.

# STACHELHALM-ERFRISCHUNG

Das Leben eines Tenakth-Wüstenkriegers ist anstrengend. Und so entspannen sich viele nach einem langen Tag voller sandiger Patrouillen und Kämpfe gegen Maschinen gern beim einen oder anderen Schlückchen von diesem Getränk. Zubereitet mit aus Stachelhalm destilliertem Alkohol, erwischt einen dieses Gesöff genauso hinterlistig wie ein Schlängelzahn (zumindest stelle ich mir das so vor). Ein einziges Glas hiervon hat mich geradewegs ins Bett befördert.

**SCHWIERIGKEIT:** ◆◇◇◇◇

**VORBEREITUNG:** 10 Minuten **ERGIBT:** 2 Getränke **ERNÄHRUNGSHINWEISE:** Vegan, glutenfrei, laktosefrei, Alkohol

- 1 Zweig Minze zzgl. etwas mehr, zum Servieren
- Zerstoßenes Eis zzgl. etwas mehr, zum Servieren
- 120 g Kaktusfeigenwasser mit Kohlensäure
- 15 ml Zuckersirup
- 30 ml Limettensaft
- 60 ml Tequila
- Limettenspalten, zum Servieren
- 90 ml Sodawasser

**AUSRÜSTUNG**

Cocktailshaker

**1.** Die Minze in einem Cocktailshaker mit der Rückseite eines Esslöffels leicht andrücken. Das Eis, das Kaktusfeigenwasser, den Zuckersirup, den Limettensaft und den Tequila hinzufügen. Den Shaker fest verschließen und zehn Sekunden kräftig schütteln.

**2.** Zwei Gläser mit frischer Minze, Eis und jeweils einer Limettenspalte garnieren. Den Cocktail auf die Gläser verteilen und mit Sodawasser aufgießen.

# DIE HIMMELS-TENAKTH

## — STEINFALL —

Offenbar sind wir unterwegs zum »Gedenkhain«, wo Pentalla »eine angemessenere Strafe« für mich fordern wird, wie auch immer die aussehen mag. Ich weiß nicht so recht, was ich von ihr halten soll. Wäre sie darauf aus gewesen, dass ich ein schmerzhaftes Ende erleide, hätte sie mir wohl kaum die Haut gerettet, wie sie es auf unserer Reise seitdem so viele Male getan hat.

Wir waren noch nicht lange unterwegs, als uns ein Wächter angriff. Das Großartige an Pentalla ist, dass sie weiß, dass ich, wenn ich »Bitte! Nein!« schreie, damit in Wahrheit meine: »Stoß deinen Speer in die weiche Stelle zwischen seinen Panzerplatten und nimm ihn dann aus wie einen Fisch!« Wir sind wie Hammer und Zange: Ich lenke die Maschine ab und Pentalla bringt sie zu Fall.

Zum Glück konnten wir den Wächter ausschalten, bevor er seine Gefährten alarmieren konnte – einen Maschinenkonvoi, der uns den Weg versperrte. Dornrücken. Behemoths. Sprungschläger. Alles, was man sich nur vorstellen kann.

Wie jede gute Köchin behält Pentalla auch dann einen kühlen Kopf, wenn es heiß hergeht. Sie hatte einen Plan. »Wenn der Wildnispfad unpassierbar ist, nehmen wir eben den Weg über Steinfall.«

Das würde zwar mehr Nächte dauern als geplant, aber mir sollte es recht sein. Damit blieb mir mehr Zeit bis zu meinem Tenakth-Urteil, mehr Zeit, um Pentalla ein wenig besser kennenzulernen – wegen ihrer Rezepte, versteht sich.

Bedauerlicherweise zeigte sich, dass es in Steinfall ziemlich kalt ist. Und dass die Siedlung verdammt weit oben liegt. Und wo ein Oseram eine praktische Brücke über eine breite Kluft inmitten eines Bergpfads bauen würde, balancieren die Tenakth auf einem Baumstamm wie bei einer Carja-Zirkusnummer. Nein, danke!

Pentalla hatte keine Mühe, den Abgrund zu überwinden, und ich wollte nicht, dass sie mich für einen Feigling hielt. Darum habe ich es versucht. Mein erster Schritt war in Ordnung. Der zweite auch. Doch beim dritten Schritt schaute ich nach unten. Weiter unten fiel mir eine Ziege ins Auge, aus dieser Höhe so winzig wie ein Insekt. Ich verlor die Nerven und drückte mich an den Stamm, auf dem ich bäuchlings lag, woraufhin mir mehrere Himmels-Tenakth unmissverständlich zu verstehen gaben, ich solle entweder weitergehen oder mich in die Tiefe stürzen. Schließlich kamen wir alle überein, dass es das Beste wäre, mir

ein Seil um den Bauch zu binden und mich wie einen besonders dicken Fisch rüber auf die andere Seite zu ziehen …

Als wir die kleine Siedlung oben am Bergpfad erreichten, brach bereits die Nacht an. Wir statteten dem Koch einen Besuch ab, der sich weigerte, eine Mahlzeit für »einen Fremden und eine Skorpionin des Wüstenklans« zuzubereiten. Mir graute schon vor dem Gedanken, nach einem so anstrengenden Tag hungrig schlafen gehen zu müssen. Doch dann holte Pentalla einen schneeweißen Eisvogel aus ihrem Beutel hervor. »Zu schade. Der Fremde hat den hier gefangen. Wir hatten gehofft, du könntest uns bei der Zubereitung helfen. Doch wie es scheint, hast du deinen Kopf zu weit jenseits des Bollwerks vergraben.«

»*Er* hat den Vogel erlegt?« Die Augen des Kochs weiteten sich. Er stieß einen resignierten Seufzer aus und stellte mehrere Töpfe auf sein Herdfeuer: »Machen wir uns an die Arbeit.« Er begann, Gefüllten Eisvogel zuzubereiten, und seine unterkühlte Art schmolz dahin wie Ziegenbutter in einer heißen Pfanne. Voller Begeisterung erklärte er uns, wie selten dieses Gericht sei. Ich wäre wahrscheinlich erst der zweite Fremde, der es probieren würde – jemals!

Während wir an einem unnötig waghalsigen Aussichtspunkt saßen und aßen, verriet er uns mehrere Rezepte. Ich weiß, die Leute sagen, dass man mit Tenakth nur schwer zurechtkommt. Tatsächlich habe ich sogar das Gefühl, dass sie nicht einmal einander sonderlich mögen. Aber wenn man ihre harte Schale überwindet und sie dazu bringt, einen nicht länger töten zu wollen, weil man bloß ein wehrloser Gefangener ist, und ihnen dann noch etwas zu essen gibt, scheinen sie ganz in Ordnung zu sein.

Als wir später vollgefressen in unseren Schlafsäcken lagen, fragte ich Pentalla, wann sie den Eisvogel eigentlich genau erlegt hatte.

»Ich habe ihn letzte Nacht geschossen, als ich versuchte, deinem Schnarchen zu entkommen. Wenn du noch mal solchen Lärm machst, stecke ich dir Sandkäfer in die Nase! Das dürfte dafür sorgen, dass du wieder richtig atmen kannst.«

Keine schönen Aussichten. Aber zumindest hat sie mir eine baumstammfreie Weiterreise ins Tiefland versprochen.

Für mich geht es aufwärts. Aber jetzt wird erst mal geschlafen.

# GEBIRGSPFADBROT

Obwohl das Hochland um Steinfall kalt, rau und auch ein wenig furchteinflößend ist, ist das dortige Brot so warm und behaglich wie kein anderes, das ich je probiert habe. Gehackte Nüsse und getrocknete Früchte verleihen ihm eine üppige, angenehme Textur, doch vor allem mag ich die pikanten, subtil eingesetzten Gewürze. Wenn ihr euer Lager am Rande des Abgrunds aufschlagen müsst, solltet ihr jedenfalls unbedingt einen Laib hiervon in eurem Proviantbeutel haben.

**SCHWIERIGKEIT:** ◆◆◆◇◇

**VORBEREITUNG:** 45 Minuten **INAKTIV:** 9 Stunden **BACKZEIT:** 1 Stunde

**ERGIBT:** 1 Laib **ERNÄHRUNGSHINWEISE:** Vegetarisch, laktosefrei

375 g Mehl Type 550
40 g Brotmehl
2 TL Salz
1 TL gemahlener Kardamom
1 TL gemahlener Zimt
1 EL Zucker
2 TL aktive Trockenhefe
40 g getrocknete Kirschen
45 g getrocknete Cranberrys
100 g goldene Rosinen
60 g Walnüsse, gehackt
60 g Pekannüsse, gehackt
360 ml warmes Wasser
Olivenöl, zum Einpinseln

**AUSRÜSTUNG**

Schmortopf

1. Das Mehl, das Salz, den Kardamom, den Zimt, den Zucker, die Hefe, die Trockenfrüchte und die Nüsse in einer großen Schüssel vermischen. Das Wasser dazugießen und alles durchmischen, bis eine homogene Masse entsteht. Sollte der Teig zu klebrig sein, noch etwas mehr Mehl dazugeben. Drei Minuten leicht durchkneten.

2. Eine Schüssel mit Olivenöl einpinseln und den Teig hineinlegen. Die Oberseite des Teigs mit weiterem Olivenöl bestreichen. Den Teig mit einem Geschirrtuch abdecken und bei Zimmertemperatur acht Stunden gehen lassen.

3. Den Teig aus der Schüssel nehmen, leicht durchkneten und zu einer Kugel formen. Auf ein Stück Backpapier legen, mit einem Geschirrtuch abdecken und eine Stunde gehen lassen.

4. Den Ofen auf 220 °C vorheizen. Einen leeren Schmortopf mit Deckel in den Ofen stellen und 30 Minuten vorwärmen. Sobald der Teig aufgegangen ist, drei Schlitze in die Oberseite des Laibs schneiden.

5. Den Teig mit dem Backpapier in den vorgeheizten Schmortopf geben. Den Deckel auflegen und 30 Minuten backen. Den Deckel abnehmen und weitere 20 bis 30 Minuten backen bzw. so lange, bis der Laib durchgebacken ist. Das Brot vor dem Aufschneiden auf einem Gitterrost vollständig abkühlen lassen.

# GEFÜLLTER EISVOGEL

Nach Abschluss eines todesverachtenden Rituals, das als »Der Marsch der Zehn« bekannt ist, werden siegreiche Himmels-Tenakth oft gefragt, ob sie ihren feierlich erlegten Eisvogel lieber gefüllt oder im Salzmantel genießen möchten. Diese besondere Tenakth-Delikatesse des Himmelsklans erfordert einiges an Arbeit und sehr spezielle Zutaten. Doch es ist die Mühe wert, denn der Vogel begeistert mit einer üppigen Füllung aus Wildwurst, Käse, Kräutern und Marmelade. Jeder Bissen ist eine Kostprobe der köstlichsten Gaben, die die Berge zu bieten haben.

**SCHWIERIGKEIT:** ◆◆◆◆◇

**VORBEREITUNG:** 1 Stunde **INAKTIV:** 30 Minuten **KOCHZEIT:** 1 Stunde **ERGIBT:** 6 Wachteln **ERNÄHRUNGSHINWEISE:** Alkohol

- 1 Zwiebel, gewürfelt
- 750 g Wildwurst, ohne Darm
- 1 Brauner Kräuterseitling
- ½ TL Salz
- 60 ml Weißwein
- 15 g Petersilie, gehackt
- 40 g Panko-Paniermehl
- 60 g Ziegenkäse
- 90 g Feigenmarmelade
- 6 Wachteln, halb knochenlos
- Olivenöl, zum Einpinseln
- Salz, nach Belieben
- Gemahlener schwarzer Pfeffer, nach Belieben

1. Eine mittelgroße beschichtete Pfanne mit Antihaftspray einsprühen und bei mittlerer Hitze erwärmen. Die Zwiebel hineingeben und anschwitzen, bis sie weich ist (ca. 5 bis 8 Minuten).
2. Die Wurst hinzufügen und anbraten, bis sie gebräunt ist (ca. 5 Minuten). Die Pilze hineingeben und garen, bis die Flüssigkeit verdampft ist und die Pilze goldbraun sind (ca. 10 bis 12 Minuten). Mit Salz würzen.
3. Mit dem Weißwein ablöschen und köcheln lassen, bis der gesamte Wein verdampft ist (ca. 2 bis 3 Minuten). Dann in eine große Schüssel umfüllen. Die Petersilie, das Panko-Paniermehl, den Ziegenkäse und die Feigenmarmelade hinzugeben und gut vermischen. Abschmecken und bei Bedarf zusätzlich mit Salz würzen. Beiseitestellen und vollständig abkühlen lassen.
4. Ein Backblech mit Alufolie und einem Bogen Backpapier auslegen.
5. Eine Wachtel nehmen und den Bauchraum mit ⅙ der Füllung füllen. Einen Zahnstocher durch beide Beine in den unteren Teil der Wachtel stechen, damit die Keulen während des Garvorgangs aufrecht stehen. Mit der Brustseite nach oben auf das vorbereitete Backblech legen. Diesen Schritt mit den restlichen Wachteln wiederholen.

**HINWEIS:** *Achtet darauf, die Wachteln nicht zu voll zu machen. Versucht, sie einheitlich zu füllen, damit alle sechs Wachteln gleichzeitig gar werden.*

6. Das Backblech in den Kühlschrank geben und die Wachteln 30 Minuten ruhen lassen.
7. Den Backofen auf 205 °C vorheizen. Das Backblech aus dem Kühlschrank nehmen. Jede Wachtel mit Olivenöl bepinseln und mit Salz und Pfeffer würzen. Im Ofen 30 Minuten garen bzw. so lange, bis die Wachteln durchgebraten sind.
8. Die Grillfunktion des Ofens einschalten und die Haut der Wachteln goldbraun werden lassen (ca. 3 bis 5 Minuten).

# LAND UND SEE

Kaltwasserfische, die in einem kühlen, klaren Gebirgsbach gefangen werden, gehören zu den frischesten Speisen, die ich je genossen habe. Glücklicherweise verfügt das Gebiet des Himmelsklans über eine Fülle solcher Gewässer. Als unser Gastgeber uns dieses besondere Gericht vorsetzte, konnte Pentalla nicht anders, als zufrieden zu nicken. Vielleicht sollte ich aus irgendetwas ein Fischernetz basteln, um sie in den nächsten Tagen mit einer köstlichen Portion hiervon zu überraschen.

**SCHWIERIGKEIT:** ◆◆◆◇◇

**VORBEREITUNG:** 30 Minuten **KOCHZEIT:** 40 Minuten **ERGIBT:** 2 Portionen **ERNÄHRUNGSHINWEISE:** Laktosefrei, glutenfrei

- 2 ganze Regenbogenforellen (à ca. 220 g), ausgenommen und gesäubert
- Olivenöl, zum Bestreichen
- Salz, nach Belieben
- Gemahlener schwarzer Pfeffer, nach Belieben
- 8 Scheiben Zitrone
- 8 Zweige Thymian
- 4 Zweige Petersilie
- 4 dünne Scheiben Speck

**1.** Den Ofen auf 220 °C vorheizen. Jede Forelle von innen und außen mit Olivenöl einreiben. Mit Salz und Pfeffer würzen. Vier der Zitronenscheiben halbieren und jeweils vier halbe Scheiben in jede Forelle geben. Jede Forelle mit der Hälfte des Thymians und der Petersilie füllen, dann mit jeweils zwei Zitronenscheiben belegen. Jede Forelle mit zwei Scheiben Speck umwickeln; dabei darauf achten, dass der Speck die Zitronenscheiben bedeckt und an Ort und Stelle hält.

**2.** Bei mittlerer bis hoher Hitze eine große gusseiserne Pfanne erwärmen und mit Olivenöl bestreichen. Sobald die Pfanne heiß ist, die Forellen mit der Seite ohne Zitrone nach unten hineinlegen und anbraten, bis der Speck auf der Unterseite knusprig ist (ca. 5 Minuten).

**3.** In den Ofen schieben und weitere 20 bis 25 Minuten garen, bis der Fisch durchgebraten ist. Die Grillfunktion des Ofens einschalten, damit der Speck oben auf den Fischen knusprig wird (ca. 3 bis 5 Minuten). Aus dem Ofen nehmen und vor dem Servieren fünf Minuten in der Pfanne ruhen lassen.

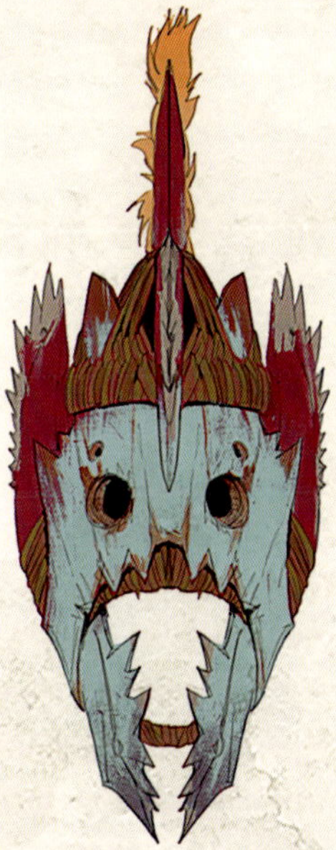

# VERKOHLTES GRÜNZEUG UND GRAUOMEN

Eine Sache haben wir Oseram mit den Tenakth gemeinsam: Wir können nicht anders, als alles Essen kräftig durchzubraten. Selbst Gemüse bleibt nicht vom Feuer verschont. Dieses kinderleicht zuzubereitende Gericht des Himmelsklans kombiniert angesengtes Grünzeug mit den Grauomen, die massenweise in den Bergen wachsen, zu einer schlichten, aber wohlschmeckenden Beilage – perfekt zu einer Portion Gefüllter Eisvogel!

**SCHWIERIGKEIT:** ◆◇◇◇◇

**VORBEREITUNG:** 15 Minuten **KOCHZEIT:** 25 Minuten **ERGIBT:** 4 bis 6 Portionen **ERNÄHRUNGSHINWEISE:** Vegan, glutenfrei

450 g Baby-Brokkoli, in ca. 7 cm große Stücke geschnitten
280 g Austernpilze, in ca. 7 cm große Stücke geschnitten
2 EL Olivenöl
½ TL Salz
¼ TL gemahlener schwarzer Pfeffer

**1.** Den Ofen auf 220 °C vorheizen. Den Brokkoli, die Austernpilze und das Olivenöl in eine große Schüssel geben und sorgsam durchschwenken.

**2.** Ein großes Backblech mit Alufolie auslegen und mit einem Blatt Backpapier bedecken. Das Gemüse in einer gleichmäßigen Schicht auf dem Blech verteilen. Mit Salz und Pfeffer würzen und 20 bis 25 Minuten im vorgeheizten Ofen garen bzw. so lange, bis das Gemüse knusprig ist.

# HIMMELSSTRAUCH-PUNSCH

Das Leben im frostigen Steilgebirge ist, gelinde gesagt, ungemütlich. Und in den Wintermonaten ist es dort sogar noch unangenehmer. Um der Kälte zu trotzen, wärmen sich viele Himmels-Tenakth mit diesem würzig-süßen, warmen Wein. Wenn man ihn trinkt, spürt man, wie die Kälte schwindet, zumindest für einen Moment.

**SCHWIERIGKEIT:** ◆◇◇◇◇

**VORBEREITUNG:** 10 Minuten **KOCHZEIT:** 15 Minuten **ERGIBT:** 4 Portionen

**ERNÄHRUNGSHINWEISE:** Vegan, glutenfrei, Alkohol

1 Blutorange, in Scheiben geschnitten
1 Zitrone, in Scheiben geschnitten
3 Mandarin-Orangen, in Scheiben geschnitten
100 g Heidelbeeren
6 Nelken
2 Zimtstangen
3 Sternanis
750 ml Heidelbeerwein
360 ml Cranberry-Saft
60 ml Amaretto
100 g Ahornsirup

**1.** Alle Zutaten in einem großen Topf vermengen. Bei mittlerer Hitze 15 Minuten köcheln lassen. Heiß servieren.

# DIE TIEFLAND-TENAKTH

## — DER GEDENKHAIN —

Ich hatte keine Ahnung, dass Luft so feucht sein kann. Wir sind seit ein paar Tagen im Tiefland und ich bin so verschwitzt, dass man mich in Weizenbrotkrümeln wälzen, in heißes Flammenkrautöl werfen und als frittierten Milduf servieren könnte. Ganz zu schweigen davon, dass die Bäume mir das Leben auf dem Weg nach unten verdammt schwer gemacht haben. Ich hoffe, ich muss bis zu meinem letzten Atemzug nie wieder das Wort »Seilrutsche« hören.

Und wo wir gerade von meinem letzten Atemzug reden: Wir sind beim Gedenkhain angelangt, der auf mich nicht anders wirkt als die meisten anderen überwucherten Ruinen, die ich kenne. Doch die Schätze darin – die »Visionen« – gehören nicht zu denen, die man plündern kann. Als ich die Alten als riesige, wie aus Licht gemeißelte Statuen vor mir sah, wurde mir klar, wie ähnlich wir uns in Wahrheit sind. (Aber waren die wirklich so groß?!) Während ich noch darüber staunte, schickte Pentalla mich hinaus, um während meiner Verhandlung draußen zu warten. »Tenakth haben nichts für Sanftmütige übrig. Das hier dürfte nicht lange dauern. Aber nimm dich in Acht. Langsam bin ich es leid, dir ständig den Hals retten zu müssen.«

Wäre ich nicht so erfreut über Pentallas offensichtliche Sorge um mein Wohlbefinden gewesen, hätte ich vermutlich darauf hingewiesen, dass es einen Unterschied zwischen sanftmütig und vorsichtig gibt. Doch in diesem Moment blieb dafür keine Zeit. Das Gebrüll einer versammelten Menge lockte mich in Richtung einer Arena, um die herum zahlreiche, nur wenig frequentierte Marktbuden standen. Ich nahm an, die Tiefland-Tenakth und ihr Oberhaupt seien in der Arena selbst, um irgendein Spektakel zu bejubeln.

Während ich durch die Reihen der Stände streifte, stieg mir der Duft von schmorendem Dschungelvogel in die Nase, der mich wiederum zu einem eifrig beschäftigten Koch führte. »Falls du hungrig bist, Fremder, bestell lieber jetzt.« In der Arena ertönte eine laute Explosion, gefolgt von weiteren Jubelschreien. »In Kürze werde ich hier von Gästen nur so überrannt. Diese Meute hat immer Kohldampf.« Dann schnauzte der Koch seinen Gehilfen an: »Rühr den Feuerklauentopf um!«

Ich fragte ihn, warum er den Zuschauern nichts servierte, während sie in der Arena waren, um später den Ansturm zu vermeiden – ich bin ein Oseram und wir essen so ziemlich jederzeit und überall.

»Heißer Eintopf in einer aufgewühlten Menge?« Er lachte. »Das riecht förmlich nach Ärger.«

Das brachte mich auf einen Gedanken, der mich zur freien Arbeitsfläche des Kochs führte. Ich begann, Teig zu machen.

»Hätte ich nicht so viel zu tun, würde ich dir die Hände dafür abhacken, dass du meine Waren anfasst«, scherzte der Koch.

Im Handumdrehen hatte ich ein Tablett mit Fleisch in der Mitte fertiggestellt. Ich machte mich auf den Weg in die Arena. Die Atmosphäre dort drinnen war anders als alles, was ich bisher erlebt hatte. Während unten Jäger gegen tödliche Maschinen kämpften, erfüllte die explosive Energie der Menge das Bauwerk, als wär's ein Topf kurz vorm Überkochen.

Ich bahnte mir meinen Weg durch die Sitzreihen und tauschte Scherben gegen Essen. Als ich schließlich mit leerem Tablett zum Stand zurückkehrte und der Koch sah, wie viel ich eingenommen hatte, fing er ebenfalls an, Teig zu kneten, ehe er seinen Gehilfen anherrschte: »Warum verschwendest du deine Zeit mit Umrühren?! Hilf dem Oseram!«

Gemeinsam verhökerten wir Tablett um Tablett meiner fleischhaltigen Teigtaschen, und als sich die Arena schließlich leerte, verließen die Leute sie nicht in einer einzigen Welle, sondern gemütlich und entspannt, wie ein träges Tröpfeln. Wir hatten den Ansturm vorab eingedämmt. Der Koch klopfte mir freudig auf den Rücken und lud mich ein, Platz zu nehmen. »Ein tolles Gericht, Fremder! Da ist es nur fair, wenn ich dir im Gegenzug eins von meinen beibringe.«

Ich saß fröhlich da, lernte und schrieb eifrig alles nieder. In meiner Aufregung vergaß ich sogar, dass gerade ganz in der Nähe über mein Schicksal entschieden wurde. Als ich merkte, dass es Nacht geworden war, eilte ich zurück zum Hain, wo Pentalla auf einer alten Mauer saß und Pfeile schärfte. Ich trat zaghaft näher und fragte: »Sind die ... für meine Bestrafung?«

»Um dich *wofür* zu bestrafen? Für deinen Diebstahl? Oder dafür, dass du mich hast warten lassen, als wäre ich ein Eintopf, den man möglichst lange köcheln lässt?« Dann huschte ein Lächeln über ihr Gesicht. »Ich wurde zur Gesandten für die Rationsverbesserung ernannt. Als Gegenleistung für deine Freiheit wirst du mich durch die östlichen Stammesgebiete begleiten, während ich Wissenswertes über für uns neue Techniken der Essenszubereitung sammle.«

Ich fiel auf die Knie und dankte ihr. Kein Köder für die Maschinen! Keine Kampfplätze! Und ich komme wieder nach Hause!

»Die Marschalls waren überraschend gut gelaunt«, sagte Pentalla. »Sie kamen gerade aus der Arena. Irgendein Fremder hat die Zuschauer mit so viel Essen vollgestopft, dass es nach dem Spektakel kaum Schlägereien gab.«

Ich versprach ihr, ihr bei unserem nächsten Halt zu zeigen, wie man Fleisch in der Mitte zubereitet.

# TIEFLAND-KNABBERMISCHUNG

Diese Mischung aus Nüssen und Trockenobst ist für die Tenakth so etwas wie ihre Standardration und stammt ursprünglich aus den weitläufigen, dichten Dschungeln des Regenpfads. Expeditionen können lang und unvorhersehbar sein; es ist nicht ungewöhnlich, dass sich selbst erfahrene Tieflandbewohner in den maschinenverseuchten, labyrinthischen Wäldern verirren. Diese salzig-süßen Leckerbissen sind so lange haltbar, wie derjenige, der sie bei sich trägt, dem Wunsch widerstehen kann, sie zu verputzen.

**SCHWIERIGKEIT:** ◆◇◇◇◇

**VORBEREITUNG:** 15 Minuten **BACKZEIT:** 10 Minuten **ERGIBT:** 10 Portionen **ERNÄHRUNGSHINWEISE:** Vegetarisch

- 60 g Macadamia-Nüsse
- 120 g Cashewnüsse
- 100 g Mandeln
- 60 g Bananenchips
- 40 g getrocknete Mango, in Scheiben geschnitten
- 30 g getrockneter Ingwer, in Scheiben geschnitten
- 40 g getrocknete Ananas, zerkleinert
- 30 g getrocknete Jackfrucht, in Scheiben geschnitten
- 50 g Zartbitterschokolade, in Stückchen
- 15 g Kokosflocken

1. Den Ofen auf 175 °C vorheizen. Die Macadamia-Nüsse, die Cashews und die Mandeln auf einem mit Backpapier ausgelegten Backblech verteilen und acht bis zehn Minuten leicht anrösten. Aus dem Ofen nehmen und vollständig abkühlen lassen.

2. Nach dem Abkühlen zusammen mit den übrigen Zutaten in einen luftdicht verschließbaren Behälter geben und gut schütteln, um alles gut miteinander zu vermischen. In dem luftdichten Behältnis ist die Knabbermischung bei Zimmertemperatur bis zu einer Woche haltbar.

# FEUERKLAUENTOPF

Dieses feurige Gericht brutzelte mein Tiefland-Freund gerade vor der Arena, als ich ihm zur Hand ging. Pentalla war skeptisch, ob die Würzung ihrer Wüstenklan-Zunge gerecht werden würde, aber als ich ihr eine Portion zubereitete, war sie angenehm überrascht. Obwohl man hierfür im Grunde jede beliebige Fleischsorte verwenden kann, bevorzuge ich Lammhack, so wie beim allerersten Mal, als ich dieses Rezept selbst kostete.

**SCHWIERIGKEIT:** ◆◆◇◇◇

**VORBEREITUNG:** 45 Minuten **KOCHZEIT:** 4 Stunden **ERGIBT:** 4 Portionen **ERNÄHRUNGSHINWEISE:** Laktosefrei, glutenfrei

2 TL Salz
1 TL gemahlener schwarzer Pfeffer
2 EL gemahlener Kreuzkümmel
2 EL scharfes Chilipulver
1 EL Korianderpulver
1 EL Paprikapulver
1 TL gemahlener Zimt
½ EL Kakaopulver
1 EL Rohrzucker
Olivenöl, für den Topf
1 kg Lammhackfleisch
2 Zwiebeln, gewürfelt
6 Knoblauchzehen, gehackt
1 Jalapeño-Chili, gehackt
1 Poblano-Chili, gehackt
2 Serrano-Chilis, gewürfelt
170 g Tomatenmark
800 g Pizzatomaten
2 Lorbeerblätter

**1.** Das Salz, den Pfeffer, den Kreuzkümmel, das Chilipulver, das Korianderpulver, das Paprikapulver, den Zimt, das Kakaopulver und den Rohrzucker in einer Schüssel vermischen.

**2.** Bei mittlerer bis hoher Hitze in einem tiefen Topf etwas Olivenöl erwärmen. Das Lammhack hineingeben und anbraten, bis das Fleisch durchgängig gebräunt ist. Die Gewürzmischung hinzufügen und alles gut vermischen. Auf einen Teller geben.

**3.** Bei Bedarf noch etwas mehr Olivenöl in den Topf geben und die Zwiebeln anschwitzen, bis sie weich sind (ca. 8 Minuten). Den Knoblauch hinzufügen und eine weitere Minute anschwitzen. Die verschiedenen Chilis dazugeben und anbraten, bis sie weich sind (ca. 5 Minuten).

**4.** Das angebratene Lammfleisch, das Tomatenmark und die Tomatenwürfel einrühren. Zum Köcheln bringen. Zum Schluss die Lorbeerblätter hinzufügen, den Deckel auflegen und die Hitze auf niedrig reduzieren. Vier Stunden köcheln lassen; dabei einmal pro Stunde durchrühren. Nach der Kochzeit die Lorbeerblätter entfernen und entsorgen.

# HONIGBROT

Frisch aus dem Ofen und mit Butter bestrichen, ist dieses Honigbrot die ideale Beilage für eine deftige Portion Feuerklauentopf. Das Brot ist süß und saugt dank seiner mürben Textur wunderbar Bratensaft und dicke Soßen auf, sodass nichts von den Aromen auf dem Teller des Gastes verschwendet wird. Ganz zu schweigen davon, dass dieses Rezept im Handumdrehen zubereitet ist. Dank seiner Vielseitigkeit wird dieses Brot mit Sicherheit als Beilage für viele Gerichte bei *Mildufs Verbotene Fressalien* dienen.

**SCHWIERIGKEIT:** ◆◆◇◇◇

**VORBEREITUNG:** 15 Minuten **BACKZEIT:** 25 Minuten **ERGIBT:** 10 Portionen **ERNÄHRUNGSHINWEISE:** Vegetarisch

160 g Maismehl
125 g Mehl Type 550
55 g heller Rohrzucker
1 EL Backpulver
2 TL Salz
120 g ungesalzene Butter, geschmolzen und abgekühlt, zzgl. etwas mehr, für die Pfanne
2 EL Olivenöl
75 g Ahornsirup
2 EL Honig
2 Eier
300 ml Kokosmilch
1 EL Limettensaft

1. Den Ofen auf 220 °C vorheizen. Eine gusseiserne Pfanne mit Butter einreiben.

2. Das Maismehl, das Mehl Type 550, den Rohrzucker, das Backpulver und das Salz in einer großen Schüssel vermischen. In einer kleinen Schüssel die geschmolzene Butter, das Olivenöl, den Ahornsirup, den Honig, die Eier, die Kokosmilch und den Limettensaft verquirlen. Mit in die große Schüssel geben und verrühren, bis alles sorgsam vermengt ist.

3. In die vorbereitete Pfanne geben. 20 bis 25 Minuten im vorgeheizten Ofen backen. Vor dem Aufschneiden und Servieren merklich abkühlen lassen.

# BLUTBROT

Bei diesem einzigartigen Brotgericht musste ich mich zwingen, den grässlichen Namen zu ignorieren und mich stattdessen ganz auf die erstaunliche Originalität dieses Rezepts zu konzentrieren. Gekocht, gebraten und gegrillt, bekommen die verwendeten Früchte eine Textur, die an zerrupftes Schweinefleisch erinnert, während die pikante Gewürzmischung und der Zucker für einen gewissen Fleischgeschmack sorgen. Die Tenakth bezeichnen diese Garnitur gern scherzhaft als »Utaru-Eber«. Hinzu kommt: Diese Speise zuzubereiten, macht einfach Spaß – auf Teig einzuschlagen ist eine gute Möglichkeit, den Frust über unhöfliche Gäste loszuwerden!

**SCHWIERIGKEIT:** ◆◆◆◆◇

**VORBEREITUNG:** 1 Stunde **INAKTIV:** 24 bis 48 Stunden **BACKZEIT:** 40 Minuten

**ERGIBT:** 3 Pizzen **ERNÄHRUNGSHINWEISE:** Vegetarisch

**PIZZATEIG**

220 g Brotmehl zzgl. etwas mehr, zum Bestreuen der Arbeitsfläche
1 EL Seitan
1 TL aktive Trockenhefe
2 TL Zucker
1 TL Salz
1½ TL Knoblauchpulver
½ TL Zwiebelpulver
300 ml Wasser
2 EL Olivenöl

**DEN PIZZATEIG ZUBEREITEN:**

**1.** Am Tag vor der Zubereitung des Blutbrots den Teig vorbereiten. Hierzu das Mehl, den Seitan, die Hefe, den Zucker, das Salz, das Knoblauchpulver und das Zwiebelpulver in die Schüssel einer Küchenmaschine mit Knethakenaufsatz geben. In einer kleinen Schüssel das Wasser und das Olivenöl vermischen und mit in die Schüssel der Küchenmaschine gießen.

**2.** Auf niedriger Stufe durcharbeiten, bis sich alle Zutaten miteinander verbunden haben. Sobald sich der Teig zu einer Kugel geformt hat, die Geschwindigkeit auf mittel erhöhen und fünf Minuten kneten.

**3.** Die Arbeitsfläche leicht bemehlen, den gekneteten Teig darauf geben und zu einer Kugel formen. Eine große Schüssel mit Antihaftspray einsprühen (oder mit Olivenöl einreiben), die Teigkugel hineinlegen und mit Frischhaltefolie abdecken. Für mindestens 24 Stunden, höchstens jedoch für 48 Stunden in den Kühlschrank geben.

**4.** Den Teig am nächsten Tag mindestens 30 Minuten vor Beginn der Zubereitung des Blutbrots aus dem Kühlschrank nehmen. Den Teig niederschlagen und auf die leicht bemehlte Arbeitsfläche legen. In drei gleich große Portionen aufteilen und jeweils zu Kugeln formen. Mit einem sauberen Geschirrtuch abdecken und 30 Minuten ruhen lassen.

### BBQ-JACKFRUCHT

550 g junge grüne Jackfrucht in Lake
1 EL heller Rohrzucker
1 TL Paprikapulver
2 TL Chilipulver
1 TL Knoblauchpulver
1 TL Ingwerpulver
1 TL Salz
½ TL gemahlener schwarzer Pfeffer
1 EL Rapsöl
180 ml Gemüsebrühe
100 g Barbecue-Soße

### ZUM ANRICHTEN

Olivenöl, für die Pfanne
40 g Ananas, in Scheiben geschnitten
¼ rote Zwiebel, in Scheiben geschnitten
Maismehl, für die Pfanne
370 g Pizzasoße
250 g Mozzarella, zerkleinert

### DIE BBQ-JACKFRUCHT ZUBEREITEN:

**5.** Die Jackfrucht durch ein Sieb abgießen. Einige Male abspülen und zehn Minuten trocknen lassen. In einer mittelgroßen Schüssel den Rohrzucker, das Paprikapulver, das Chilipulver, das Knoblauchpulver, das Ingwerpulver, das Salz und den Pfeffer vermischen. Die Jackfrucht hinzugeben und untermengen, um sie gleichmäßig mit der Würze zu überziehen.

**6.** Das Rapsöl bei hoher Hitze in einer mittelgroßen beschichteten Pfanne erwärmen. Die gewürzte Jackfrucht hinzufügen und fünf Minuten anbraten. Die Gemüsebrühe dazugeben und zum Köcheln bringen. Die Hitze auf mittel reduzieren und einen Deckel auf die Pfanne legen. So lange köcheln lassen, bis die Brühe verkocht ist (ca. 15 Minuten).

**7.** Den Deckel abnehmen und die Hitze auf hoch erhöhen. Die Barbecue-Soße hinzufügen, umrühren und erhitzen, bis alles durchgewärmt ist (ca. 3 Minuten). Vom Herd nehmen und bis zur Zubereitung der Blutbrote beiseitestellen.

### ALLES ZUSAMMENFÜGEN:

**8.** Den Ofen auf 245 °C vorheizen. Bei mittlerer bis hoher Hitze etwas Olivenöl in einer mittelgroßen beschichteten Pfanne erwärmen. Die Ananas hinzufügen und fünf Minuten ringsum goldbraun anbraten (ca. 5 Minuten). Auf einen Teller geben und beiseitestellen. Die Pfanne wieder auf den Herd stellen und noch mehr Olivenöl hinzufügen. Die rote Zwiebel hineingeben und anbraten, bis sie weich und goldbraun ist (ca. 8 bis 10 Minuten). Auf einen Teller geben und beiseitestellen.

**9.** Den Boden und die Seiten einer gusseisernen Pfanne sorgsam mit Olivenöl einreiben und großzügig mit Maismehl bestreuen. Die Arbeitsfläche leicht mit Mehl bestäuben und eine der Teigportionen zu einer Scheibe ausklopfen, die etwas breiter als die Pfanne ist. Den Teig in die Pfanne geben.

**10.** Den Teig mit Pizzasoße bestreichen, dann je ⅓ des Mozzarellas, der Jackfrucht, der Ananas und der roten Zwiebel darauf verteilen. Die Teigränder mit zusätzlichem Olivenöl bestreichen. Bei mittlerer Hitze auf dem Herd ausbacken, bis die Unterseite des Teigs anfängt, braun zu werden (ca. 5 Minuten).

**11.** Die Pfanne in den Ofen stellen und backen, bis der Käse geschmolzen und die Kruste leicht gebräunt ist (ca. 10 bis 12 Minuten).

**12.** Die Zubereitungsschritte 9 bis 11 bei den restlichen beiden Teigportionen wiederholen.

# FLAMMENFRÜCHTE

Diese Leckerei, die die sengende Hitze der Wüste, das Eis der Berge und die frischen Früchte des Tieflands miteinander verbindet, feiert die Einheit der Tenakth-Stämme, auch wenn sie früher nur eine Spezialität des Tieflandklans war. Der Koch meinte, man solle die Kirschen so lange kochen, »bis sie wie das dickflüssige Blut eines Feindes aussehen«. Doch obwohl diese Vorstellung nicht sonderlich appetitlich ist, ist der Sirup selbst überaus schmackhaft.

**SCHWIERIGKEIT:** ◆◆◇◇◇

**VORBEREITUNG:** 30 Minuten **INAKTIV:** 24 Stunden **KOCHZEIT:** 20 Minuten

**ERGIBT:** 4 Portionen **ERNÄHRUNGSHINWEISE:** Vegan, Alkohol

### KOKOS-SCHLAGSAHNE

370 g Kokoscreme
40 g Puderzucker
1 Prise Salz

### GEKOCHTE KIRSCHEN

500 g Kirschen, entsteint
55 g heller Rohrzucker
2 EL Palmzucker, zerkleinert
1 EL Zitronensaft
60 ml Kirschlikör
1 Kugel laktosefreies Speiseeis, pro Portion (optional)

### DIE KOKOS-SCHLAGSAHNE ZUBEREITEN:

**1.** Die Kokoscreme für 24 Stunden in den Kühlschrank geben. Dies dient dazu, die Kokoscreme vom Kokoswasser zu trennen.

**2.** Die Kokoscreme in eine mittelgroße Schüssel geben. Mit einem Rührgerät 30 Sekunden aufschlagen, um die Creme aufzulockern.

**3.** Den Puderzucker und das Salz hinzufügen und drei Minuten schaumig aufschlagen. Die geschlagene Kokossahne sofort als Garnitur für die Kirschen verwenden.

### DIE GEKOCHTEN KIRSCHEN ZUBEREITEN:

**4.** In einem hohen Topf die Kirschen, den Rohrzucker, den Palmzucker und den Zitronensaft vermengen. Bei mittlerer bis hoher Hitze zum Köcheln bringen. So lange köcheln lassen, bis sich der Zucker vollständig aufgelöst hat.

**5.** Vom Herd nehmen und den Kirschlikör hinzufügen. Gut verrühren.

**HINWEIS:** *Beim Kochen mit Alkohol ist es wichtig, besonders vorsichtig zu sein. Nehmt die Pfanne oder den Topf stets von der Wärmequelle, bevor ihr den Alkohol dazugebt, um zu vermeiden, dass ihr etwas davon versehentlich auf die Wärmequelle schüttet!*

**6.** Wieder auf den Herd stellen und zum Köcheln bringen. Zehn Minuten köcheln lassen bzw. so lange, bis die Flüssigkeit um die Hälfte einreduziert und der Alkohol verkocht ist. Die Mischung während des Kochens im Auge behalten, da die Flüssigkeit Blasen wirft.

**7.** Eine Schüssel mit einer Kugel laktosefreiem Eis vorbereiten und mit den Kirschen und der Kokos-Schlagsahne garnieren. Sofort servieren.

# DIE OSERAM

## — KETTENKRATZ —

Mit einer Gesandten zu reisen ist großartig! Wir bekamen eine persönliche Eskorte durch die Leuchtende Ödnis. Und ihr könnt mir glauben, dass diese Krieger mit zwei Köchen auf dem Weg gut versorgt waren. Unterwegs brachte mir Pentalla Dutzende Verwendungsmöglichkeiten für Stachelhalm bei. Nur weil etwas außen dornig ist, heißt das nicht, dass es im Innern nicht süß ist.

Ein Teil von mir war traurig, als ich sah, wie die weiten Ebenen des Westens hinter uns zurückblieben, während uns die hoch aufragenden Felsklippen des Schreckens umgaben. Obwohl ich mich kleiner denn je fühlte, entfachte der Anblick von Kettenkratz ein Feuer in mir – die Brise trug den Geruch von geschmolzenem Eisen und süßem Sägemehl mit sich.

Als wir die Taverne betraten, umarmte mich ein verschlafener Arbeiter fester als nötig. »Milduf! Du bist wieder da! Wenn ich ein bisschen dünn aussehe, liegt das daran, dass deine Gehilfin deine Kochschürze nicht so recht ausfüllen konnte.«

Das Herz von Kettenkratz ist die Taverne und das große Herdfeuer in der Küche hält alles in Schwung. Pentalla bewunderte den mehrgeschossigen Grill. »Damit kann man auf einem einzigen Feuer Fleisch für zehn Trupps braten.«

Dann schaute sie mit einer Mischung aus neugierigem Staunen und skeptischem Argwohn zu, wie ich eine Servierplatte mit meinen besten Gerichten zubereitete: eine perfekte Mischung aus Salz, Schmalz und Feuer, wie man es von klassischem Oseram-Essen erwartet. Als ich ihr zeigte, wo das runtertropfende Fett aufgefangen wird, rief Gilvarn von seinem üblichen Platz herüber: »Ah, der große Abenteurer kehrt heim! Hast es da draußen nicht lange ausgehalten, was?«

Ich ignorierte die Stichelei und hoffte, dass Pentalla sie nicht gehört hatte. Aber Gilvarn stand auf und hob sein Bier. »Lasst uns anstoßen! Auf den tapferen Entdecker Milduf und seine Entführerin!« Die Arbeiter, die mit an Gilvarns Tisch saßen und auf ihr Essen warteten, für das noch ein paar Handgriffe fehlten, brachen in lautes Gelächter aus.

Pentalla griff nach ihrem Speer, aber ich bedeutete ihr mit einer Geste, ruhig zu bleiben. Ich flüsterte ihr zu, dass ich genau wüsste, wie man mit solchen Burschen umgeht: Wir würden ihre Flussblüten einfach ein oder zwei Minuten zu lange köcheln lassen, damit die Blätter richtig zäh wurden. Das hatten sie dann davon.

Doch Pentalla verdrehte bloß die Augen und warf blitzschnell ein Schälmesser in Richtung von Gilvarns Gruppe. Die Klinge

nagelte eine gebratene Hühnerkeule am Holz ihres Tischs fest. »Und wohin hat es euch mit eurer trägen Schar in Abwesenheit des Kochs verschlagen?«, rief sie. »Vom Zapfhahn zu den Büschen draußen und wieder zurück?«

Die anderen Gäste ringsum ließen ein nervöses Glucksen vernehmen. Ein Bergmann, der schon auf den ersten Blick wie ein Schläger wirkte, stand auf und langte nach seinem Hammer. »Ich bin nicht hier, um mir von einer angemalten Barbarin Beleidigungen anzuhören!«

Pentalla machte einen Schritt auf ihn zu. »Dann sollten wir diese lästigen Ohren vielleicht abschneiden?«

Der Schlägertyp war klein, aber breit, und schwang zornig seinen Hammer, wobei er mehrere Krüge mit Schmiedeschaum umstieß, die klirrend zu Boden krachten, während sich der Bergmann in meine ehemalige Küche drängte.

Pentalla stellte sich ihm in den Weg. Sie überragte ihn um Kopf und Schultern.

Ich griff nach irgendetwas, um ihr beizustehen, zumindest aus sicherer Entfernung. Ich entschied mich für eine Babykartoffel von bescheidener Größe. Wenn ich die Kartoffel warf, würde das vermutlich für genügend Ablenkung sorgen, dass wir von hier verschwinden konnten. Vielleicht blieb ja sogar ein hässlicher blauer Fleck zurück, der dem Schläger noch tagelang zu schaffen machen würde!

»Ganz ruhig, ihr beiden!« Petras Stimme schallte durch die Taverne. Seit Ulvunds Absetzung hatte sie Kettenkratz als gerechte Anführerin gedient. »Wenn ihr euch nicht benehmen könnt, müsst ihr gehen!« In mir machte sich Erleichterung breit. »Das gilt auch für dich, Milduf! Tut mir leid. Deine Freundin ist ein bisschen arg angriffslustig.«

Ich erklärte ihr, dass wir bloß hier seien, um uns Proviant für die Weiterreise zu besorgen, und dass es sehr wichtig war, dass wir die nächste Seilbahn erwischten. Abgesehen davon ist es sowieso angenehmer, an der frischen Luft zu essen, als in dieser verrauchten Hütte.

Während ich dies schreibe, habe ich immer noch Pentallas Worte in den Ohren, als wir zur Seilbahn gingen. »Du bist ein guter Koch. Aber du schlotterst wie ein Präriehund in einem Sandsturm.« Pentalla nahm einen Bissen von dem Schmiedegeschwärzten Roastbeef. »Und was willst du mit dem Gemüse?«

Ich schaute nach unten und sah, dass ich mit der Faust noch immer die Babykartoffel umklammerte.

# EINHANDESSEN

Niemand ist hungriger als Oseram-Arbeiter. Ich wollte ein ganzes Abendessen für sie kreieren, das sie einfach mitnehmen können. Da kam mir die Idee, eine Schüssel aus Brot als Basis zu nehmen, damit man *die* auch essen kann! Ich füllte das Brot mit allen möglichen Käsesorten, legte ein herzhaftes Ei obendrauf und BAMM! Eine üppige Einhand-Mahlzeit.

**SCHWIERIGKEIT:** ◆◆◆◆◇

**VORBEREITUNG:** 1 Stunde **INAKTIV:** 2½ Stunden **BACKZEIT:** 20 Minuten

**ERGIBT:** 2 Khachapuri **ERNÄHRUNGSHINWEISE:** Vegetarisch

### TEIG

180 ml warmes Wasser
(nicht heißer als 44 °C)
2 TL aktive Trockenhefe
2 TL Zucker
1 EL Olivenöl
130 g Mehl Type 550
zzgl. etwas mehr, zum Kneten
60 g Brotmehl
½ EL Knoblauchpulver
1 TL Salz
1 bis 2 EL Milch, bei Bedarf

### FÜLLUNG

220 g Mozzarella, zerkleinert
120 g Ziegenkäse
220 g Fetakäse

### GARNITUR

2 Eier
2 EL ungesalzene Butter
Petersilie, gehackt, zum Garnieren

**1.** In einer großen Schüssel das Wasser, die Hefe, den Zucker und das Olivenöl verrühren. Fünf Minuten ruhen lassen. Das Mehl, das Knoblauchpulver und das Salz hinzufügen und durchkneten, bis eine homogene Masse entsteht. Auf einer leicht bemehlten Arbeitsfläche ausbreiten und zehn bis 15 Minuten kneten. Sollte der Teig zu klebrig sein, 1 EL Mehl einarbeiten. Ist der Teig zu trocken, 1 EL Milch hinzufügen.

**2.** Den Teig zu einer Kugel formen. Eine große Schüssel mit Antihaftspray besprühen (oder mit Olivenöl einreiben). Die Teigkugel in die Schüssel legen und mit Frischhaltefolie abdecken. An einem warmen Ort so lange ruhen lassen, bis sich die Größe des Teigs verdoppelt hat (ca. 2 Stunden).

**3.** Zwei Backbleche mit Backpapier auslegen. Sobald der Teig aufgegangen ist, aus der Schüssel nehmen und abschlagen. In zwei gleich große Portionen aufteilen. Eine davon zurück in die Schüssel geben.

**4.** Die andere Teigportion zu einem ca. 30 cm langen Oval ausrollen. Die Unterkante ca. 5 cm aufrollen. Dies an der Oberkante wiederholen, um zwei »Wände« mit einer großen Fläche dazwischen zu formen. Die beiden Kanten zusammendrücken – der Teig sollte jetzt ungefähr die Form eines Footballs haben. Auf eins der vorbereiteten Backbleche legen. Diesen Vorgang mit dem anderen Teigstück wiederholen.

**5.** Mit einem Geschirrtuch abdecken und 30 Minuten gehen lassen.

**6.** Während der Teig ruht, den Ofen auf 245 °C vorheizen. Alle Käsesorten für die Füllung miteinander vermischen. Das Geschirrtuch von den vorbereiteten Teigen nehmen. Die Käsemischung gleichmäßig auf den beiden Teiglingen verteilen.

**HINWEIS:** *Drückt nicht seitlich gegen den Teig – er soll so hoch bleiben, wie er ist. Und auch wenn es sich um eine Menge Käse zu handeln scheint, solltet ihr unbedingt alles davon verwenden, so wie angegeben.*

**7.** Sobald der Ofen vorgeheizt ist, die Khachapuri hineingeben und zehn bis zwölf Minuten backen bzw. so lange, bis der Käse geschmolzen und der Teig leicht angebräunt ist. Dann aus dem Ofen nehmen und eine kleine Vertiefung in den Käse drücken. Vorsichtig die Eier aufschlagen und jeweils in eine Vertiefung geben.

**8.** Wieder in den Ofen schieben und weitere acht bis zehn Minuten backen bzw. so lange, bis das Ei stockt. Sobald das Ei gar ist, jedes Khachapuri mit 1 EL Butter garnieren und mit etwas Petersilie bestreuen.

# MILDUFS REGIONALER EINTOPF

Ich kenne diese Oseram-Rezepte so gut wie die Ölverbrennungen auf meinen Handrücken. Die Hälfte davon habe ich selbst erfunden! Doch es schadet nie, sein Wissen für die Nachwelt festzuhalten. Ich kann mit Stolz sagen, dass sogar die Retterin diesen Eintopf in den höchsten Tönen gelobt hat. Als Aloy ihre erste Schüssel hiervon probierte – nachdem sie mir freundlicherweise eine Grillpfanne von einem Wühler-Haufen flussaufwärts besorgt hatte –, nannte sie diese Speise »genial«. Kein Wunder: Man konnte das Maschinenöl fast gar nicht schmecken!

**SCHWIERIGKEIT:** ◆◆◇◇◇

**VORBEREITUNG:** 1 Stunde **INAKTIV:** 12 Stunden **KOCHZEIT:** 5 Stunden

**ERGIBT:** 4 Portionen **ERNÄHRUNGSHINWEISE:** Laktosefrei, Alkohol

### MARINIERTES WILDSCHWEIN

750 g Wildschwein, in große Stücke geschnitten
2 Zweige Thymian
1 Zweig Rosmarin
3 Knoblauchzehen, zerdrückt
1 EL Wacholderbeeren
500 ml Rotwein

### EINTOPF

60 g Mehl Type 550
1½ TL Salz
1½ TL gemahlener schwarzer Pfeffer
2 TL gemahlener Salbei
½ TL Nelkenpulver
Mariniertes Wildschwein
Rapsöl, für den Schmortopf
2 Zwiebeln, in dünne Scheiben geschnitten
2 rote Zwiebeln, in dünne Scheiben geschnitten
70 g heller Rohrzucker
6 Knoblauchzehen, gehackt
3 Karotten, in mundgerechte Stücke geschnitten
300 ml Rinderbrühe
2 EL Speisestärke
500 ml Trappistenbier
2 Lorbeerblätter
250 g Kartoffeln (vorwiegend festkochend), geschält und in mundgerechte Stücke geschnitten

### AUSRÜSTUNG

Schmortopf

### DAS MARINIERTE WILDSCHWEIN ZUBEREITEN:

**1.** Das Fleisch, den Thymian, den Rosmarin, die Knoblauchzehen und die Wacholderbeeren in ein luftdicht verschließbares Behältnis geben. Den Wein hinzufügen, verschließen und schütteln. Für mindestens zwölf Stunden (oder über Nacht) in den Kühlschrank geben, um dem Fleisch einen Teil seines Wildgeschmacks zu entziehen.

**2.** Am nächsten Tag die Marinade durch ein feinmaschiges Sieb abgießen. Das Fleisch mit kaltem Wasser abspülen, um den überschüssigen Wein zu entfernen, und gründlich trocken tupfen. Alles außer dem Fleisch entsorgen.

### DEN EINTOPF ZUBEREITEN:

**3.** Das Mehl, das Salz, den Pfeffer, den Salbei und das Nelkenpulver in einem großen, luftdicht verschließbaren Beutel vermengen. Das Fleisch hinzufügen, gut durchschütteln und auf einen Teller geben.

**4.** Bei mittlerer bis hoher Hitze einen mittelgroßen Schmortopf erwärmen und 1 EL Rapsöl hineingeben. Eine Schicht Fleisch hinzufügen; dabei darauf achten, dass es im Topf nicht zu voll wird. Das Fleisch von allen Seiten anbraten (ca. 5 bis 8 Minuten), herausnehmen und auf einen Teller geben. Bei Bedarf noch mehr Rapsöl hinzufügen und weitermachen, bis das gesamte Fleisch angebraten ist.

**5.** Die Zwiebeln und bei Bedarf weiteres Rapsöl hinzufügen. Die Zwiebeln anbraten, bis sie karamellisiert sind (ca. 20 Minuten). Den Rohrzucker und den Knoblauch dazugeben und zwei Minuten anschwitzen.

**6.** Den Ofen auf 150 °C vorheizen. Das Fleisch und den Bratensaft mit in den Schmortopf geben, die Karotten hinzufügen und alles verrühren. Die Rinderbrühe und die Speisestärke in einer Schüssel mit einem Schneebesen glatt rühren. Mit in den Schmortopf geben und sorgsam verrühren.

**7.** Das Trappistenbier mit in den Schmortopf geben und einrühren. Zum Schluss die Lorbeerblätter hinzufügen. Den Deckel auflegen, in den Ofen schieben und drei Stunden garen, bis das Fleisch schön zart ist.

**HINWEIS:** *Achtet darauf, den Eintopf beim Garen alle 45 Minuten zu überprüfen und ein bisschen umzurühren.*

**8.** Die Kartoffeln hinzufügen und weitere 30 Minuten garen bzw. so lange, bis die Kartoffeln durch sind. Den Deckel des Schmortopfs abnehmen und nochmals 20 Minuten garen.

# BITTERBRÄU-WILDSCHWEIN

Das Besondere an diesem Rezept ist, dass das Fleisch 24 Stunden lang luftdicht in Wein eingelegt wird, was für eine perfekte Textur und einen weniger intensiven Wildgeschmack sorgt. Nach dem Marinieren der Keule reibe ich sie immer gründlich mit meiner pikanten Gewürzmischung ein, um dem Ganzen noch mehr Pfiff zu verleihen. Dieses Gericht ist ein echter Knaller. Das Schwierigste hierbei ist, sich mit einem Carja anzufreunden, um an den guten Wein heranzukommen, den man dafür braucht.

**SCHWIERIGKEIT:** ◆◆◇◇◇

**VORBEREITUNG:** 1 Stunde **INAKTIV:** 30 Stunden **KOCHZEIT:** 4½ Stunden

**ERGIBT:** 6 Portionen **ERNÄHRUNGSHINWEISE:** Laktosefrei, glutenfrei, Alkohol

**MARINIERTES WILDSCHWEIN**

750 ml Rotwein
240 ml Wasser
5 Knoblauchzehen, zerdrückt
3 Lorbeerblätter
2 EL schwarze Pfefferkörner
2 Zweige Rosmarin
2 Zweige Thymian
2 kg Wildschweinkeule mit Knochen

**BRATEN**

Olivenöl, zum Bestreichen
55 g heller Rohrzucker
1½ EL Salz
1 EL Knoblauchpulver
1 EL Fenchelpulver
1 EL Zwiebelpulver
2 TL gemahlener schwarzer Pfeffer
2 TL gemahlener Bockshornklee
1 TL gemahlener Kreuzkümmel
2 Fenchelknollen, geviertelt
2 Karotten, geviertelt
2 Zwiebeln, geviertelt
2 Pastinaken, geviertelt
4 Stangen Staudensellerie, geviertelt

**DIE MARINADE ZUBEREITEN:**

1. Alle Zutaten für die Marinade in einem großen, luftdicht verschließbaren Behälter vermischen, die Wildschweinkeule hineingeben und mindestens 24 Stunden im Kühlschrank ziehen lassen.

2. 250 ml der Marinade aufbewahren und bis zur Verwendung in den Kühlschrank geben. Die Keule aus der Marinade nehmen, den Rest entsorgen und die Keule trocken tupfen. Ein Gitterrost auf einem Backblech platzieren. Die Keule mit Olivenöl einreiben.

3. Den Rohrzucker, das Salz, das Knoblauchpulver, den Fenchel, das Zwiebelpulver, den Pfeffer, den Bockshornklee und den Kreuzkümmel in einer kleinen Schüssel vermischen. Die Wildschweinkeule ringsum mit der Gewürzmischung einreiben. Unabgedeckt vier Stunden im Kühlschrank ziehen lassen.

**DEN BRATEN ZUBEREITEN:**

4. Den Backofen auf 135 °C vorheizen. Die Wildschweinkeule 30 Minuten vor der Zubereitung aus dem Kühlschrank nehmen. Die Fenchelknollen, die Karotten, die Zwiebeln, die Pastinaken, den Sellerie und die aufgehobene Marinade gleichmäßig auf dem Boden einer tiefen Auflaufform verteilen. Die Keule auf das Gemüse legen und im Ofen garen, bis das Fleisch eine Kerntemperatur von 65 °C erreicht hat (ca. 3 bis 4 Stunden).

5. Die Auflaufform aus dem Ofen nehmen und locker mit Alufolie abdecken. Die Ofentemperatur auf 260 °C erhöhen. Die Auflaufform draußen stehen lassen, bis der Ofen die entsprechende Temperatur erreicht hat. Dann die Alufolie entfernen, die Form wieder in den Ofen geben und garen, bis die Keule knusprig ist (ca. 4 bis 5 Minuten). Die Keule wenden und braten, bis auch die andere Seite knusprig ist (ca. 4 bis 5 Minuten). Aus dem Ofen nehmen und erneut mit Alufolie abdecken. Vor dem Anschneiden 30 Minuten ruhen lassen.

# GEBRATENES BITTERKRAUT

Grünzeug ist selten der richtige Weg, um das Herz eines Oseram zu gewinnen, aber dieses Gericht bildet da eine Ausnahme. Meiner bescheidenen Meinung nach serviert man Kohl am besten gebraten mit Schweinefleischwürfeln und Geflügelsud. So saugen die Kohlblätter den ganzen schmackhaften, fetten Fleischsaft auf. Gebratenes Bitterkraut eignet sich hervorragend als Beilage zu Bitterbräu-Wildschwein oder als schneller, herzhafter Snack.

**SCHWIERIGKEIT:** ◆◆◇◇◇

**VORBEREITUNG:** 15 Minuten **KOCHZEIT:** 40 Minuten **ERGIBT:** 6 Portionen **ERNÄHRUNGSHINWEISE:** Glutenfrei

450 g Blattkohl, entstielt und gehackt
1 EL Rapsöl
4 Scheiben Speck, gewürfelt
6 Knoblauchzehen, gehackt
1 Würfel Hühnerbrühe
Salz, nach Belieben
Gemahlener schwarzer Pfeffer, nach Belieben

1. Den Blattkohl in einen großen Topf geben und mit Wasser bedecken. Bei mittlerer Hitze 30 Minuten köcheln lassen. Abgießen und beiseitestellen.

2. In einer großen beschichteten Pfanne bei mittlerer bis hoher Hitze das Rapsöl erwärmen. Den Speck hineingeben und anbraten, bis er durchgegart und leicht knusprig ist (ca. 6 bis 8 Minuten). Den Knoblauch hinzufügen und zwei Minuten anschwitzen, bis er weich ist. Den Brühwürfel zerbröseln und so lange unterrühren, bis sich die Krümel vollständig aufgelöst haben. Den gegarten Blattkohl hinzugeben und durchschwenken, um den Kohl ringsum mit Knoblauch und Hühnchenbrühe-Aroma zu überziehen. Zwei Minuten anbraten. Abschmecken und mit Salz und Pfeffer würzen.

# FLEISCH IN DER MITTE

**Dies ist das erste Gericht, das ich je selbst erfunden habe, und wohl so etwas wie mein Markenzeichen. Feinschmecker und Jagdgesellschaften gleichermaßen stehen Schlange, um diese in knusprigen Blätterteig eingewickelten, gewürzten Hammelfleischstücke zu probieren. Dies ist eine dieser Speisen, die einfach jeder liebt, daher auch der wenig geistreiche Name. Die Botschaft dahinter: Dieses Rezept findet überall Fans!**

**SCHWIERIGKEIT:** ◆◆◆◇◇

**VORBEREITUNG:** 30 Minuten **INAKTIV:** 45 Minuten **KOCHZEIT:** 45 Minuten **ERGIBT:** 8 Portionen **ERNÄHRUNGSHINWEISE:** –

### FÜLLUNG

3 Knoblauchzehen, gehackt
2 Schalotten, gehackt
1 EL Olivenöl
500 g Lammhackfleisch
1 EL frische Minze, gehackt
1 EL gemahlener Fenchel
2 TL getrockneter Thymian
1 TL getrockneter Oregano
1 TL gemahlener schwarzer Pfeffer
1 TL Salz
1 TL Worcestersoße
2 EL Panko-Paniermehl

### ZUM ANRICHTEN

1 Lage TK-Blätterteig, aufgetaut
1 Ei
1 TL Wasser
1 TL helle Sesamsaat
1 TL schwarze Sesamsaat
1 TL Zwiebelflocken

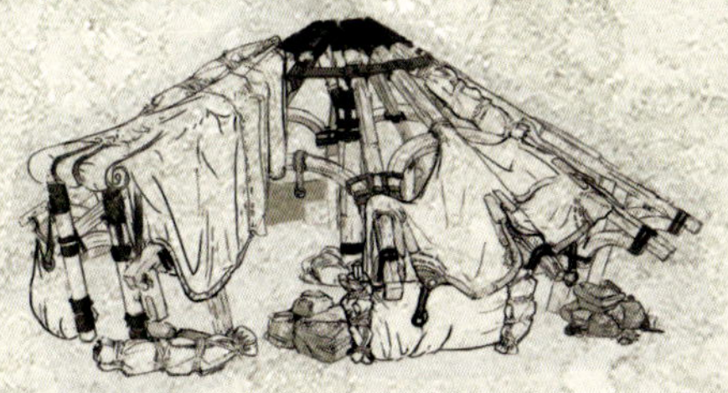

### DIE FÜLLUNG ZUBEREITEN:

**1.** Bei mittlerer bis hoher Hitze eine eingefettete Pfanne erwärmen. Den Knoblauch und die Schalotten hineingeben und anschwitzen, bis das Gemüse weich ist (ca. 5 Minuten). Das Olivenöl dazugeben und eine Minute erhitzen.

**2.** In eine Schüssel geben und vollständig abkühlen lassen. Das Lammhack, die frische Minze, die Fenchelsamen, den Thymian, den Oregano, den Pfeffer, das Salz, die Worcestersoße und das Paniermehl hinzufügen und alles sorgsam miteinander vermischen.

**3.** In zwei gleich große Portionen aufteilen und jeweils auf ein Stück Frischhaltefolie legen. Jeweils zu einem Zylinder formen, der ungefähr die Länge des Blätterteigs hat. Zusammenrollen und für mindestens 15 Minuten in den Kühlschrank geben.

### ALLES ZUSAMMENFÜGEN:

**4.** Das Ei und das Wasser verquirlen. Den Blätterteig in zwei Hälften schneiden. Eine der Hälften nehmen und den Blätterteig an den Rändern leicht ausrollen.

**5.** Die Lammrollen aus dem Kühlschrank nehmen und eine davon am unteren Ende der Teighälfte platzieren. Das gegenüberliegende Ende des Teigs mit Ei bestreichen. Das Ganze straff zusammenrollen und die »Naht« des Blätterteigs mit den Fingerspitzen zusammenkneifen.

**6.** In Frischhaltefolie wickeln und in den Gefrierschrank legen. Diesen Vorgang mit der anderen Portion Blätterteig wiederholen. 20 Minuten im Gefrierfach ruhen lassen. Den Backofen auf 230 °C vorheizen.

**7.** Ein Backblech mit Backpapier auslegen und einfetten. Die Wurstrollen aus dem Gefrierschrank nehmen und die Frischhaltefolie entfernen. Jede Rolle in vier gleich große Stücke schneiden und auf das Backblech legen. Jeweils mit etwas Eierlasur bestreichen.

**8.** Den hellen Sesam, den schwarzen Sesam und die Zwiebelflocken vermischen. Gleichmäßig über die Wurstrollen streuen.

**9.** Zehn Minuten im Ofen backen. Die Hitze dann auf 175 °C reduzieren und weitere 20 Minuten garen bzw. so lange, bis das Lamm durchgebraten ist.

# STREIFEN IN BIERTEIG

Ein paar Dinge gehören einfach zusammen. Hammer und Stahl. Kohle und Feuer. Pentalla und ich. Und, natürlich, Bier und Kartoffeln. Dieses Gericht erfreut sich in ganz Hauptquell großer Beliebtheit. Seine Schlichtheit mag den Eindruck erwecken, dass es sich hierbei um eine einfache Beilage handelt, aber richtig zubereitet sind meine Streifen in Bierteig ein absoluter Knaller und nicht zu unterschätzen!

**SCHWIERIGKEIT:** ◆◆◇◇◇

**VORBEREITUNG:** 30 Minuten **BACKZEIT:** 35 Minuten

**ERGIBT:** 6 Portionen **ERNÄHRUNGSHINWEISE:** Vegan, glutenfrei, Alkohol

350 ml Leichtbier
1¼ l Wasser
2 Zweige Thymian
1 Lorbeerblatt
1 TL Salz
750 g kleine Kartoffeln (vorwiegend festkochend), halbiert
2 EL Olivenöl
1 TL getrockneter Thymian
1 TL Knoblauchpulver
Salz, nach Belieben
Gemahlener schwarzer Pfeffer, nach Belieben

**1.** Den Ofen auf 220 °C vorheizen. Das Bier, das Wasser, die Thymianzweige, das Lorbeerblatt und das Salz in einem mittelgroßen Topf vermengen. Zum Kochen bringen und die Kartoffeln hinzufügen. Acht Minuten kochen lassen. Dann abgießen und den Thymian und das Lorbeerblatt herausnehmen.

**2.** In einer mittelgroßen Schüssel das Olivenöl, den getrockneten Thymian und das Knoblauchpulver vermischen. Die gekochten Kartoffeln mit in die Schüssel geben und durchschwenken, bis die Kartoffeln mit der Würze überzogen sind. In einer gleichmäßigen Schicht auf einem mit Backpapier ausgelegten Backblech verteilen. Mit Salz und Pfeffer würzen. 20 Minuten backen, die Kartoffeln wenden und weitere 15 Minuten backen.

# MILDUFS LECKEREI

Frittierte Süßwurzkugeln mit Honigsirup – klingt das nicht nach einem Gericht, das eines Sonnenkönigs würdig ist? Dieses Rezept erfordert ein wenig Sorgfalt und Geschick; der Teig kann ziemlich klebrig werden und ist schwieriger zu zähmen als eine Horde Dornrücken, aber die Mühe lohnt sich! Hin und wieder, wenn ich wegen irgendetwas besonders angefressen bin, überrasche ich die Gäste gern damit, dass ich zwischen den normalen Süßwurzkugeln eine verstecke, die extrem scharf und völlig überwürzt ist.

**SCHWIERIGKEIT:** ◆◆◆◇◇

**VORBEREITUNG:** 30 Minuten **INAKTIV:** 1 Stunde **KOCHZEIT:** 5 Minuten pro Schwung
**ERGIBT:** 18 bis 20 Portionen **ERNÄHRUNGSHINWEISE:** Vegetarisch, laktosefrei

### TEIG

240 ml warmes Wasser
1 EL Pflanzenöl
2 EL Honig
2½ TL aktive Trockenhefe
300 g Mehl Type 550
½ TL gemahlener Kardamom
½ TL gemahlener Zimt
¼ TL gemahlener Ingwer
1 TL Salz
1 Zitrone, Abrieb
1 TL Vanillepaste
Neutrales Öl (z. B. Erdnuss- oder Rapsöl), zum Frittieren

### HONIGSIRUP

170 g Honig
2 EL Wasser
½ TL Salz

**1.** In einer kleinen Schüssel das Wasser, das Pflanzenöl, den Honig und die Hefe vermischen. Fünf Minuten ruhen lassen bzw. so lange, bis die Hefe zu schäumen beginnt. Das Mehl, den Kardamom, den Zimt, den Ingwer, das Salz und den Zitronenabrieb in einer großen Schüssel vermengen.

**2.** Die Wassermischung und die Vanillepaste mit in die große Schüssel geben und durchkneten, bis eine homogene Masse entsteht. Mit Frischhaltefolie abdecken und eine Stunde gehen lassen bzw. so lange, bis der Teig sein Volumen verdoppelt hat.

**HINWEIS:** *Dieser Teig ist sehr klebrig. Am besten feuchtet ihr eure Hände oder den Spatel an, bevor ihr ihn verarbeitet. Achtet jedoch darauf, dass kein Wasser in das heiße Öl gerät, wenn ihr mit dem Frittieren beginnt!*

**3.** Während der Teig aufgeht, alle Zutaten für den Honigsirup in einem kleinen Topf vermengen und bei mittlerer Hitze erwärmen. Sobald der Sirup zu kochen beginnt, vom Herd nehmen und beiseitestellen.

**4.** Den Teig mit einem Spatel von den Seiten der Schüssel abkratzen und die Schüssel mit einem feuchten Geschirrtuch abdecken. Eine kleine Schüssel mit Wasser füllen und zwei Löffel bereitlegen, die ihr dazu verwendet, portionsweise den Teig abzunehmen. Während der Teig ruht, einen tiefen Topf 5 cm hoch mit neutralem Frittieröl füllen und bei mittlerer Hitze auf 175 °C erwärmen.

**5.** Nach dem Erhitzen einen der Löffel nehmen, kurz ins Wasser tauchen und dann eine Portion Teig damit abstechen. Mit dem anderen Löffel den Teig grob rund formen und vorsichtig in das Öl legen. Diesen Vorgang mit einigen weiteren Teigportionen wiederholen; dabei darauf achten, dass es im Topf nicht zu voll wird.

**6.** Fünf Minuten frittieren, bis die Teigbällchen goldbraun sind. Während des Frittierens drehen sich die Bällchen in dem heißen Öl von allein. Sollte das nicht der Fall sein, nach der Hälfte des Frittiervorgangs wenden.

**7.** Die Bällchen aus dem Öl nehmen und auf einem mit Küchenpapier ausgelegten Teller abtropfen lassen. Die Schritte 5 bis 7 wiederholen, bis der gesamte Teig frittiert ist.

**8.** Nach dem Abtropfen alle frittierten Bällchen in den Honigsirup geben und durchschwenken, um sie ringsum mit dem Sirup zu überziehen. Am besten schmecken die Bällchen frisch am Tag ihrer Zubereitung.

# SPRUDELMET

Ich will meine Oseram-Rezepte mit dem wohl erbaulichsten Getränk abschließen, das je in Hauptquell ausgeschenkt wurde. Sicher, wir Oseram lieben cremigen Schmiedeschaum, aber manchmal ist es bei der sengenden Hitze schön, mit ein bisschen Sprudel und zitronigem Pfiff für etwas willkommene Spritzigkeit zu sorgen. Dieses Gesöff hinterlässt einen erfrischenden Nachgeschmack auf der Zunge und sorgt dafür, dass ich mir bereits den nächsten Krug bestelle, obwohl der letzte noch nicht einmal leer ist.

**SCHWIERIGKEIT:** ◆◇◇◇◇

**VORBEREITUNG:** 5 Minuten **ERGIBT:** 1 Getränk **ERNÄHRUNGSHINWEISE:** Vegetarisch, laktosefrei, Alkohol

240 ml Met
120 ml Ingwerlimonade (S. 181)
170 ml Sodawasser
2 Scheiben Zitrone

1. Den Met, die Ingwerlimonade und das Sodawasser in einem großen Glas vermengen. Mit den Zitronenscheiben garnieren und servieren.

# DIE CARJA

## — MERIDIAN —

Es überrascht nicht, dass die Carja gut darin sind, Beute aus dem Schrecken zurück nach Meridian zu transportieren. Es sind ständig Karren mit Holz, Erz oder Grünglanz unterwegs, auf denen man mitfahren kann.

Offenbar hatten die Carja aus Fahllicht bereits eine Nachricht erhalten, dass wir unterwegs zu ihnen waren, denn in den Königlichen Maislanden erwartete uns bereits eine Vorhut, fast so, als wären wir zwei Edelleute. Doch während die Wache uns zur Weiterreise drängte, blieb Pentalla stehen und ließ ihren Blick über die Felder schweifen. »Diese Wassergräben dienen der Versorgung der Felder. Im Grunde könnte man es in den Tieflanden genauso machen.« Sie sah mich an. »Kritzle *das* in deine kleine Schriftrolle.«

Gelangt man durch den wunderbaren (OSERAM!) Aufzug nach Meridian und erblickt dann den Sonnenpalast, wird man schnell daran erinnert, dass Meridian einzigartig ist. Und fast genauso rasch kommt einem in den Sinn, dass es kein Volk gibt, das Fremden gegenüber so argwöhnisch ist wie die Carja.

Als wir durch die engen Gassen gingen, raunten die Händler einander zu, dass wir wohl geradewegs in den Kerker wandern würden. Einige wichen bei unserem Anblick zurück. »Schön zu sehen, dass die Tenakth die Herzen der Carja noch immer mit Angst und Schrecken erfüllen«, sinnierte Pentalla.

Im Palast empfing uns ein Edelmann namens Marad. Er wies uns den Weg zu den Gemächern, die man für uns vorbereitet hatte. Hier, sagte er, könnten wir unsere Waffen ablegen, was Pentalla eher als Vorschlag denn als Anweisung verstand. Schließlich wurden wir in die königlichen Küchen geführt. Ich entsann mich, dass ich mich früher danach gesehnt hatte, in der Küche des Sonnenkönigs zu arbeiten. Alle wussten, dass die Vorratskammer mit Zutaten aus dem gesamten Sonnenreich und den Landen jenseits davon gefüllt war.

Man teilte uns mit, dass Sonnenkönig Avad darum bat, ihm die Ehre zu erweisen, ein Mahl »nach Tenakth-Tradition« zuzubereiten. Ohne zu zögern, willigte ich ein. Ich nahm mir vor, diesen denkwürdigen Moment mit einer Gedenktafel bei *Mildufs Verbotene Fressalien* zu ehren!

Nachdem Marad den Raum verlassen hatte, stieß mich Pentalla mit dem Ellbogen an. »Ich bin hier, um zu lernen«, sagte sie. »Nicht, um zu dienen.« Ich versuchte, sie zu überreden, ihre Vorbehalte aufzugeben, indem ich argumentierte, dass sie eine Gesandte sei und dies eine großartige Möglichkeit, den Carja eine andere Kultur näherzubringen.

»Also schön«, sagte sie schließlich und verschwand in der Speisekammer. Ich dachte, sie wäre zur Vernunft gekommen, aber NEIN! Als sie zurückkam, hatte sie einen Scheffel Rot-

dornpfeffer in der einen Hand und hielt mit der anderen zwei Nagetiere am Schwanz.

Ich versuchte, ihr klarzumachen, dass wir dem Sonnenkönig unmöglich Ratten servieren konnten!

»Wir nennen dieses Gericht ›Winzfleisch‹«, erklärte sie. »Nur das Frischeste für deinen glorreichen Sonnenkönig.« Sie zog ihr Jagdmesser aus der Scheide an ihrer Hüfte und klatschte ihre »Beute« auf das Schneidebrett. »Er will wie ein Tenakth essen? Wir vom Wüstenklan arbeiten mit dem, was wir haben.«

Ich konnte es nicht glauben. Dabei standen uns alle Zutaten der Welt zur Verfügung! Dies war eine einmalige Gelegenheit, sich einen Namen zu machen! Und da war Pentalla und entbeinte Nagetiere ...

Um zu retten, was noch zu retten war, goss ich einen Klecks Weidrosenöl auf die Kohlen, als sie gerade nicht hinsah. Binnen einer Minute waren die Ratten halb verkohlt.

Doch Pentalla durchschaute meine List. Halsstarrig bestand sie darauf, dass sie dem Sonnenkönig nur dieses Mahl servieren würde, nichts anderes, und meinte, sie hoffe, der König sei mit kräftigen Zähnen gesegnet. Ich erinnerte sie daran, dass ich ihre Rezepte ebenfalls kannte und sie selbst zubereiten konnte, wenn sie nicht dazu bereit war.

»Und ich bedaure, sie mit einem Koch geteilt zu haben, der noch weniger Rückgrat besitzt als ein Pudding!« Sie stürmte aus der Küche. Ich hingegen machte mich sogleich ans Werk. Ich bereitete einen Querschnitt aller Speisen vor, die ich von Pentalla gelernt hatte, und war gerade dabei, den letzten Gang zu vollenden, als auch schon die Kellner kamen.

Als ich mich später in der Küche mit einem Carja-Koch austauschte, erschien plötzlich Sonnenkönig Avad. Ich konnte es nicht glauben. Ich war voller Mehl und Fettflecken. Der König meinte, er hätte gehofft, sich bei der Tenakth-Gesandten persönlich für die großartige Mahlzeit bedanken zu können. Ich erklärte, ich würde sie vertreten, weil meiner Begleiterin nicht wohl sei. Die dünne Luft auf dem Tafelberg mache ihr zu schaffen.

Als Zeichen seines Danks bot Avad uns seine Vorhut an, um uns in das Gebiet der Nora zu begleiten, und auch seinen persönlichen Heiler, falls das für meine Tenakth-Freundin eine Hilfe sei.

Der Sonnenkönig hatte meine Mahlzeit genossen! Doch dieser Triumph fühlte sich bedeutungslos an. Bevor ich ging, bereitete ich einen Teller mit Pentallas Leibspeisen zu. Aber als ich bei ihrem Gemach ankam, brachte ich nicht den Mut auf, anzuklopfen.

Was hätte ich zu ihr sagen sollen? Ich habe das Essen vor ihrer Tür abgestellt. Ich hoffe, es ist noch nicht völlig kalt, wenn sie es findet.

# SONNENGEFLÜGEL

In der Küche von Kettenkratz traf ich gelegentlich auf Carja – auf Händler, auf Krieger und sogar auf ein paar hochrangige Edelleute, die an der aufregenden Grenze des Sonnenreichs auf die Jagd gehen wollten. Natürlich wollten alle Sonnengeflügel, doch im Gegensatz zu damals weiß ich heute endlich, wie man diese feurigen Leckerbissen zubereitet. Selbst die lernbegierigsten Sonnenpriester können nicht widerstehen, sich hiermit die Hände zu besudeln.

**SCHWIERIGKEIT:** ◆◆◇◇◇

**VORBEREITUNG:** 15 Minuten **INAKTIV:** 30 Minuten **KOCHZEIT:** 25 Minuten

**ERGIBT:** 4 Portionen **ERNÄHRUNGSHINWEISE:** Laktosefrei, glutenfrei

70 g Rohrzucker
1 EL Kashmiri-Chilipulver
2 TL Salz
2 TL Knoblauchpulver
1 TL Zwiebelpulver
1 TL Paprikapulver edelsüß
1 TL Korianderpulver
1 TL gemahlener Kreuzkümmel
1 TL gemahlener schwarzer Pfeffer
2 kg Hähnchenflügel

**AUSRÜSTUNG**

Grill

1. In einer kleinen Schüssel den Rohrzucker, das Chilipulver, das Salz, das Knoblauchpulver, das Zwiebelpulver, das Paprikapulver, das Korianderpulver, den Kreuzkümmel und den Pfeffer vermischen. Die Hähnchenflügel in eine große Schüssel geben, die Gewürzmischung hinzufügen und so lange durchschwenken, bis die Flügel vollständig mit Würze bedeckt sind.

2. Ein Gitterrost auf einem Backblech platzieren und die Hühnerflügel darauf verteilen. Für 30 Minuten in den Kühlschrank stellen bzw. so lange, bis der Grill vorgeheizt ist.

3. Den Grill vorheizen; dabei darauf achten, dass der Grill in zwei Zonen für direkte und indirekte Hitze unterteilt ist. Die Seite des Grills ohne Kohle (oder Gas) wird als Zone für indirekte Hitze bezeichnet.

4. Die Hähnchenflügel auf die Zone mit der indirekten Hitze legen. Den Grill abdecken; dabei den Deckel leicht geöffnet lassen. Die Hähnchenflügel zehn Minuten garen.

5. Den Deckel abnehmen und die Flügel wenden. Weitergrillen, bis die Flügel eine Kerntemperatur von 75 °C erreichen (ca. 5 bis 10 Minuten).

6. In die Zone mit der direkten Hitze legen und ringsum leicht anbraten (ca. 1 bis 2 Minuten pro Seite). Auf einen Teller geben und bis zum Servieren in Alufolie wickeln.

# MESABROT

Als ich vom Küchenpersonal des Sonnenkönigs zum ersten Mal von dieser mit Karamell überzogenen Leckerei erfuhr, nahm ich an, dies sei eine wahrhaft königliche Delikatesse. Doch wie sich zeigte, laben sich auch Arbeiter und Handelsleute gern daran. Die Carja wissen wirklich, wie man es sich gut gehen lässt! Was für eine dekadente Kombination aus Süßwurz, Rohrzucker, Honig, Sirup, viel Butter und knackigen Nüssen! Selbst, während ich dies schreibe, fürchte ich, vor Heißhunger auf diese Köstlichkeit derart zu sabbern, dass die Tinte zu verlaufen droht!

**SCHWIERIGKEIT:** ◆◆◆◇◇

**VORBEREITUNG:** 1 Stunde **INAKTIV:** 2 Stunden **BACKZEIT:** 45 Minuten

**ERGIBT:** 12 Brötchen **ERNÄHRUNGSHINWEISE:** Vegetarisch

**TEIG**

300 ml warme Milch (nicht heißer als 44 °C)
2½ TL aktive Trockenhefe
7 EL ungesalzene Butter, bei Zimmertemperatur
50 g Zucker
1 Ei
1 Eigelb
1 TL Vanillepaste
550 g Mehl Type 550
1 TL Salz

**1.** In einer kleinen Schüssel die Milch und die Hefe vermischen. In einer Küchenmaschine mit Knethakenaufsatz die Butter und den Zucker vermengen. Sobald beides gut vermischt ist, die Eier und die Vanillepaste zu der Butter-Zucker-Mischung geben. Dann die Milch-Hefe-Mischung hinzufügen.

**2.** Das Mehl und das Salz dazugeben und durcharbeiten, bis alles gut vermischt ist. Den Teig aus der Schüssel nehmen und fünf Minuten von Hand kneten. Den Teig dann in eine eingefettete Schüssel geben, mit einem Geschirrtuch abdecken und mindestens zwei Stunden gehen lassen bzw. so lange, bis er seine Größe verdoppelt hat.

**3.** Sobald der Teig aufgegangen ist, die Garnitur zubereiten. Hierzu in einem Topf bei mittlerer bis hoher Hitze den Rohrzucker, die Butter, den Honig, den Ahornsirup, die Vanillepaste und das Salz verrühren. Erhitzen, bis sich der Zucker vollständig aufgelöst hat und alles miteinander verbunden ist (ca. 5 Minuten).

**4.** Die Garnitur in eine ca. 33 x 22 cm große Backform geben und in einer gleichmäßigen Schicht auf dem Boden der Form verteilen. Mit den zerkleinerten Nüssen bestreuen.

**5.** Für die Füllung den Rohrzucker, den Zimt, die Muskatnuss und das Salz vermischen. Den Teig auf einer leicht bemehlten Arbeitsfläche ausbringen und zu einem Rechteck von ca. 33 x 38 cm ausrollen.

### TOPPING

165 g Rohrzucker
120 g ungesalzene Butter
120 g Honig
2 EL Ahornsirup
1 TL Vanillepaste
½ TL Salz
60 g Pekannüsse, geröstet und zerkleinert
60 g Walnüsse, geröstet und zerkleinert

### FÜLLUNG

110 g Rohrzucker
1 EL gemahlener Zimt
¼ TL geriebene Muskatnuss
1 TL Salz
60 g ungesalzene Butter, geschmolzen

### AUSRÜSTUNG

Hohe Backform (ca. 33 x 22 cm)

**6.** Den Teig mit Butter bepinseln; dabei einen Rand von ca. 1 cm frei lassen. Die Zimtmischung auf die gebutterte Fläche streuen. Den Teig der Länge nach straff aufrollen und mit einem Wellenschliffmesser in zwölf gleich große Stücke schneiden. Die Teiglinge mit der Schnittfläche nach unten in die vorbereitete Backform legen, mit einem Geschirrtuch abdecken und weitere 30 Minuten gehen lassen.

**7.** Den Ofen auf 190 °C vorheizen. Das Geschirrtuch entfernen, die Backform in den Ofen stellen und 20 Minuten backen. Dann mit Alufolie abdecken und weitere zehn Minuten backen bzw. so lange, bis die Brötchen durchgebacken sind. Aus dem Ofen nehmen und fünf Minuten abkühlen lassen.

**8.** Mit einem Messer an den Rändern der Brötchen entlangfahren, um sie aus der Form zu lösen. Die Form schnell und behutsam auf einen großen Servierteller stürzen. Die Brötchen sollten leicht aus der Form gleiten; die Karamell-Nuss-Garnitur ist jetzt obenauf.

# GRASER-BEUTE

Die Hofköche haben mir erzählt, dass einige Lieblingsrezepte des Sonnenkönigs ursprünglich aus den Garstuben der einfachen Soldaten stammen. Gerüchten zufolge kostete der König diese würzige, rein pflanzliche Suppe zum ersten Mal im Exil, als er seinen Putsch gegen den Verrückten Sonnenkönig Jiran plante. Nachdem er selbst den Thron bestiegen hatte, holte er einen Feldkoch der Armee in seine Hofküche, um so sicherzustellen, dass er diese schmackhafte Mahlzeit genießen konnte, wann immer ihm danach war.

**SCHWIERIGKEIT:** ◆◆◇◇◇

**VORBEREITUNG:** 45 Minuten **KOCHZEIT:** 30 Minuten **ERGIBT:** 6 bis 8 Portionen **ERNÄHRUNGSHINWEISE:** Vegan, glutenfrei

### GRÜNE CHILIPASTE

1 Bund frischer Koriander
6 Knoblauchzehen
4 Frühlingszwiebeln
1 Serrano-Chili
1 Stück frischer Ingwer (ca. 3 cm groß)
1 Stängel Zitronengras
1 TL gemahlener schwarzer Pfeffer
1 TL gemahlener Kreuzkümmel
½ TL Korianderpulver
1½ TL Salz
1 TL Zucker
Saft und Abrieb von 3 Limetten
2 TL Rapsöl

### SUPPE

1 EL Rapsöl
1 rote Zwiebel, in Scheiben geschnitten
250 g gemischte kleine Kartoffeln
3 Karotten, geschält und in mundgerechte Stücke geschnitten
500 ml Gemüsebrühe
1 Kopf Brokkoli, in mundgerechte Stücke geschnitten
½ Kopf Blumenkohl, in mundgerechte Stücke geschnitten
Grüne Chilipaste
900 ml Kokosmilch
Koriander, gehackt, zum Garnieren
Gekochter Reis oder gekochte Udon-Nudeln, zum Servieren (optional)
Limettenspalten, zum Garnieren

### DIE GRÜNE CHILIPASTE ZUBEREITEN:

**1.** Alle Zutaten für die Chilipaste in eine Küchenmaschine geben und durcharbeiten, bis das Ganze die Konsistenz einer dicken Paste hat. Im Kühlschrank gelagert ist die Paste bis zu einer Woche haltbar.

### DIE SUPPE ZUBEREITEN:

**2.** Bei mittlerer bis hoher Hitze in einem großen Topf das Rapsöl erwärmen. Die Zwiebel hineingeben und fünf Minuten anschwitzen. Die Kartoffeln und die Karotten hinzufügen, durchschwenken und fünf Minuten anbraten, bis das Gemüse leicht erhitzt ist.

**3.** Die Gemüsebrühe dazugießen. Zum Kochen bringen, dann die Hitze auf ein Köcheln reduzieren. Den Deckel schief auf den Topf legen und zehn Minuten köcheln lassen. Den Brokkoli und den Blumenkohl hinzufügen und weitere zehn Minuten köcheln lassen bzw. so lange, bis der Blumenkohl weich geworden ist.

**4.** Die Chilipaste und die Kokosmilch hinzufügen und alles gut vermischen. Weitere drei Minuten köcheln lassen.

**5.** In einer Schüssel mit gekochtem Reis oder Udon-Nudeln servieren. Mit Koriander und Limettenspalten garnieren.

# SONNEN-RIPPCHEN

Zarte, magere Rippchen, überzogen mit rauchiger Grillsoße – das ist genau die Art von Gericht, von dem jeder (mal abgesehen von den Utaru) träumt, oder? Jeder Stamm hat seine ganz eigene Zubereitungsweise für dieses spezielle Stück Fleisch, doch das Rezept der Carja besticht durch seine säuerliche, herbe, mit einer pikanten Gewürzmischung verfeinerte Marinade.

**SCHWIERIGKEIT:** ◆◆◇◇◇

**VORBEREITUNG:** 20 Minuten **INAKTIV:** 4 Stunden **KOCHZEIT:** 3½ bis 4½ Stunden
**ERGIBT:** 1 Rippchen-Leiterchen **ERNÄHRUNGSHINWEISE:** Laktosefrei, glutenfrei

3 EL Rohrzucker
2 EL Salz
1 EL Paprikapulver
1 EL Knoblauchpulver
1 EL Zwiebelpulver
1 TL Senfpulver
1 TL getrockneter Oregano
1 TL Cayennepfeffer
1 EL Senf
1 EL Reisessig
½ TL Flüssigrauch
1 Leiterchen Baby Back Ribs, die Silberhaut entfernt
75 bis 150 g Barbecue-Soße

**1.** In einer mittelgroßen Schüssel den Rohrzucker, das Salz, das Paprikapulver, das Knoblauchpulver, das Zwiebelpulver, das Senfpulver, den Oregano und den Cayennepfeffer vermischen.

**2.** Den Senf, den Reisessig und den Flüssigrauch in einer kleinen Schüssel vermischen. Die Rippchen ringsum mit dieser Soße einpinseln. Dann die Rippchen rundherum sorgsam mit der Gewürzmischung einreiben. Auf ein großes Stück Alufolie legen, die Folie um die Rippchen wickeln und das Päckchen fest verschließen. In den Kühlschrank legen und vier Stunden marinieren lassen.

**3.** Ein Gitterrost auf einem Backblech platzieren. Den Ofen auf 150 °C vorheizen. Während der Ofen vorheizt, die Rippchen aus dem Kühlschrank nehmen und 15 Minuten bei Zimmertemperatur ruhen lassen.

**4.** Die in Alufolie eingewickelten Rippchen auf das Gitterrost legen; dabei darauf achten, dass das Päckchen vollständig geschlossen ist. Das Backblech in den Ofen schieben und drei bis vier Stunden garen bzw. so lange, bis die Rippchen schön zart sind.

**5.** Aus dem Ofen nehmen und die Temperatur auf 230 °C erhöhen. Das Alufolie-Päckchen vorsichtig öffnen und die Rippchen großzügig mit Barbecue-Soße bestreichen. Die Alufolie offen lassen und die Rippchen erneut in den Ofen schieben, um sie weitere zehn Minuten zu garen.

**6.** Aus dem Ofen nehmen und die Rippchen vorsichtig wieder in die Alufolie wickeln. Das Fleisch vor dem Aufschneiden zehn Minuten ruhen lassen.

**HINWEIS:** *Bittet euren Metzger, die Silberhaut von den Rippchen zu entfernen.*

# KÖNIGLICHE MAISGRÜTZE

Benannt nach den Königlichen Maisfeldern, auf denen die Hauptzutat hierfür wächst, ist diese Grütze die traditionelle Beilage für viele Carja-Gerichte, einschließlich der Sonnen-Rippchen. Doch wie alle Carja-Rezepte besticht auch diese an sich einfache Beilage dadurch, dass sie auf raffinierte Weise verfeinert wird, in diesem Fall mit köstlicher Hühnerbrühe, kräftigen Gewürzen und zu Pulver gemahlenen Zwiebeln. Ausgesprochen einfallsreich, diese Carja, das muss man ihnen lassen.

**SCHWIERIGKEIT:** ◆◆◇◇◇

**VORBEREITUNG:** 10 Minuten **KOCHZEIT:** 20 Minuten **ERGIBT:** 2 bis 3 Portionen **ERNÄHRUNGSHINWEISE:** –

500 ml Hühnerbrühe
120 ml Milch
2 EL ungesalzene Butter
1 TL Zwiebelpulver
½ TL Kurkumapulver
85 g Polenta
30 g Cheddarkäse, gerieben
Salz, nach Belieben
Gemahlener schwarzer Pfeffer, nach Belieben

**1.** Die Brühe, die Milch, die Butter, das Zwiebelpulver und das Kurkuma in einen mittelgroßen Topf geben. Bei mittlerer bis hoher Hitze zum Kochen bringen.

**HINWEIS:** *Behaltet den Topf im Auge, denn die Milch kann die Mischung leicht überkochen lassen!*

**2.** Langsam und unter beständigem Rühren die Polenta hinzufügen. Sobald ihr die gesamte Polenta dazugegeben habt, zwei Minuten sorgsam durchrühren. Die Hitze auf niedrig reduzieren und den Deckel auflegen. 15 bis 20 Minuten köcheln lassen bzw. so lange, bis die Polenta gar ist; dabei von Zeit zu Zeit durchrühren, damit die Grütze nicht am Topfboden festklebt.

**3.** Den Käse hinzugeben und verrühren, bis sich alles gerade so eben miteinander verbunden hat. Mit Salz und Pfeffer abschmecken. Auf Schüsseln verteilen und mit zusätzlicher Butter garniert servieren.

# GEBRANNTE BOHNEN

Eine weitere fantastische Möglichkeit, Gemüse nicht bloß schmackhafter, sondern sogar richtig köstlich zuzubereiten! Werft einfach Bohnen mit Salz und Gewürzen in eine Schüssel. Mischt alles ordentlich durch. Dann stürzt ihr das Ganze auf ein Blech, hängt das Blech zwanzig Minuten übers lodernde Lagerfeuer und schon habt ihr einen Schwung leckerer Happen. Wären manche Leute doch auch nur so einfach zu handhaben wie diese Bohnen!

**SCHWIERIGKEIT:** ◆◇◇◇◇

**VORBEREITUNG:** 20 Minuten **KOCHZEIT:** 20 Minuten **ERGIBT:** 6 bis 8 Portionen **ERNÄHRUNGSHINWEISE:** Vegan, glutenfrei

1 kg grüne Bohnen
2 EL Olivenöl
2 TL heller Rohrzucker
1 TL Salz
1 TL gemahlener schwarzer Pfeffer
4 Knoblauchzehen, gehackt

**1.** Den Ofen auf 220 °C vorheizen. Ein Backblech mit Backpapier auslegen. Die Bohnen, das Olivenöl, den Rohrzucker, das Salz und den Pfeffer in einer großen Schüssel vermischen. So lange schwenken, bis die Bohnen vollständig mit Würze überzogen sind. In einer gleichmäßigen Schicht auf dem vorbereiteten Backblech verteilen.

**2.** 15 Minuten im Ofen garen. Den Knoblauch hinzufügen und das Ganze sorgsam durchschwenken. Wieder in den Ofen geben und weitere drei bis fünf Minuten garen bzw. so lange, bis die Bohnen durch sind.

# SONNENFALL-MAISFLEISCH

Ich wette, der Name dieses Gerichts rührt daher, dass die Zubereitung so lange dauert – bis man mit der dreistündigen Vorbereitung und dem zweistündigen Kochprozess fertig wird, ist wahrscheinlich schon längst die Sonne untergegangen! Ich persönlich finde das Prozedere bei diesem Rezept irgendwie beruhigend. Pentalla hingegen plädiert auf »unnötig zügellos«. Aber ist das nicht manchmal auch ganz schön?!

**SCHWIERIGKEIT:** ◆◆◆◆◆

**VORBEREITUNG:** 3 Stunden **INAKTIV:** 12 Stunden **KOCHZEIT:** 2 Stunden

**ERGIBT:** 18 bis 20 Tamales **ERNÄHRUNGSHINWEISE:** Laktosefrei, glutenfrei

### POCHIERTES HÜHNCHEN

- 2 Hühnerbrüste
- ¼ Zwiebel, in Scheiben geschnitten
- 2 Lorbeerblätter
- 1 Würfel Hühnerbrühe
- 1 EL schwarze Pfefferkörner

### TOMATILLO-SALSA

- 13 Tomatillos, ohne Schale, halbiert
- 5 Knoblauchzehen
- 1 Serrano-Chili, halbiert und entkernt
- 1 Poblano-Chili, halbiert und entkernt
- ½ Zwiebel
- 1 Bund Koriander
- 2 Frühlingszwiebeln
- 3 Limetten, entsaftet
- 1 TL Salz
- 1 TL gemahlener schwarzer Pfeffer

### DAS POCHIERTE HÜHNCHEN ZUBEREITEN:

**1.** Die Hühnerbrüste, die Zwiebel, die Lorbeerblätter, die Hühnerbrühe und die Pfefferkörner in einen kleinen Topf geben. Mit so viel Wasser auffüllen, bis das Fleisch vollständig damit bedeckt ist. Bei mittlerer bis hoher Hitze zum Kochen bringen. Die Hitze dann auf niedrig reduzieren und zehn bis 15 Minuten köcheln lassen bzw. so lange, bis das Fleisch eine Kerntemperatur von 75 °C erreicht hat. Die Hühnerbrüste aus dem Topf nehmen und bis zur Verwendung in Alufolie wickeln. Sobald das Fleisch abgekühlt ist, von Hand zerkleinern.

**2.** Die Flüssigkeit abgießen und die Brühe für Schritt 7 in diesem Rezept aufbewahren.

### DIE TOMATILLO-SALSA ZUBEREITEN:

**3.** Den Backofengrill vorheizen. Die Tomatillos, den Knoblauch, beide Chilis und die Zwiebel auf ein Backblech geben. Das Blech auf oberster Schiene in den Ofen schieben und warten, bis die Tomatillos leicht angekohlt sind (ca. 10 Minuten).

**4.** Aus dem Ofen nehmen und abkühlen lassen. Die Mischung in eine Küchenmaschine geben. Den Koriander, die Frühlingszwiebeln, den Limettensaft, das Salz und den Pfeffer hinzufügen und zu einer glatten, geschmeidigen Masse pürieren. Bei Bedarf mit zusätzlichem Salz und Pfeffer würzen. In einem luftdicht verschließbaren Behälter im Kühlschrank ist die Salsa bis zu einer Woche haltbar.

**5.** Für die Füllung die gezupfte Hühnerbrust mit 200 g Salsa vermischen und beiseitestellen, bis ihr so weit seid, die Tamales damit zu füllen.

### MAISTEIG

30 Maisschalen
560 g Maismehl
2 TL Backpulver
2 TL Salz
50 g Tomatillo-Salsa
600 ml Hühnerbrühe vom pochierten Hühnchen
220 g Pflanzenfett

### AUSRÜSTUNG

Hoher Dämpfeinsatz

### DEN MAISTEIG ZUBEREITEN:

**6.** Die Maisschalen in eine große Schüssel geben und mit so viel Wasser aufgießen, dass die Schalen vollständig davon bedeckt sind. Über Nacht rehydrieren lassen.

**7.** Das Maismehl, das Backpulver und das Salz in einer mittelgroßen Schüssel vermischen. Die Salsa und die Hühnerbrühe hinzufügen und durcharbeiten, bis der Teig krümelig wird. Mit einem feuchten Geschirrtuch abdecken und beiseitestellen.

**8.** Das Pflanzenfett in die Schüssel eines Standmixers mit Paddelaufsatz geben. Auf mittlerer Stufe fünf Minuten schlagen, damit das Ganze locker und luftig wird; dabei von Zeit zu Zeit die Seiten der Schüssel abschaben, um sicherzustellen, dass ihr das gesamte Fett einarbeitet.

**9.** Die Maisteig-Mischung hinzufügen. Den Standmixer auf mittlere Stufe stellen und zehn Minuten aufschlagen bzw. so lange, bis die Masse luftig ist; dabei regelmäßig die Seiten der Schüssel abschaben. Sollte die Mischung zu trocken sein, etwas Wasser hinzufügen.

**HINWEIS:** *Eine Möglichkeit zu prüfen, ob der Teig fertig ist, besteht darin, ein Glas mit Wasser zu füllen. Nehmt dann 1 TL des Teigs und gebt ihn ins Wasser. Wenn der Teig oben schwimmt, ist er luftig genug für die Tamales.*

**10.** Nach dem Durcharbeiten aus dem Standmixer nehmen und mit einem feuchten Geschirrtuch abdecken.

**11.** Um eine Tamale zusammenzufügen, eine der Maisschalen nehmen und trocken tupfen. Mit der glatten Seite so vor euch hinlegen, dass der breite Teil nach oben zeigt. Mit einem angefeuchteten Löffel 60 g des Maisteigs auf der oberen Hälfte verteilen, sodass ein schmales Rechteck entsteht. 1 EL der Hähnchenfüllung in die Mitte des Maisteigs geben.

**12.** Die Schale vertikal umfalten und den Maisteig um die Füllung schlagen. Dann die andere Seite wie eine dreifach gefaltete Broschüre zusammenfalten, sodass eine lange Röhre entsteht. Die untere Hälfte der Schale nach oben falten. Nach Belieben einen schmalen Streifen Maisschale verwenden, um die Unterseite zuzubinden. Auf ein Backblech geben und mit einem feuchten Geschirrtuch abdecken.

**13.** Die Schritte 11 und 12 wiederholen, bis alle Tamales zubereitet sind.

**14.** Den Dämpfeinsatz in einem großen Topf platzieren. Den Topf 5 cm hoch mit Wasser füllen; dabei darauf achten, dass der Dämpfeinsatz das Wasser nicht berührt. Die Tamales vorsichtig mit der offenen Seite nach oben in den Dämpfeinsatz legen.

**HINWEIS:** *Es ist wichtig, dass die Tamales während des Dämpfens aufrecht stehen. Bei Bedarf eine hitzebeständige Schale oder einen Ball aus Alufolie verwenden, damit die Tamales stehen bleiben!*

**15.** Die Tamales mit den restlichen Schalenstücken belegen und mit einem feuchten Geschirrtuch abdecken. Schließlich den Deckel auf den Topf legen und das Wasser bei mittlerer bis hoher Hitze zum Kochen bringen. Sobald das Wasser kocht, die Hitze reduzieren und das Ganze 60 bis 90 Minuten dämpfen bzw. so lange, bis die Tamales gar sind. Um dies zu überprüfen, versucht, eine Tamale zu öffnen – lässt sich die Schale leicht abziehen, ist sie gar.

# SONNGRIA

Vielleicht brauen die Carja nicht mit demselben Enthusiasmus wie wir Oseram, aber eins lässt sich nicht leugnen: Sie wissen das Beste aus ihren Trauben zu machen! Dieses Getränk enthält jede Frucht unter ihrer kostbaren Sonne und verwandelt selbst den schwersten Rotwein in ein herrlich leichtes Gesöff, das man auf dem Höhepunkt eines wonniglichen Sommertages genießen möchte, während man die Aussicht auf den Tafelberg genießt. Ein gemeinsamer Krug hiervon wäre jedenfalls nicht zu verachten gewesen, um die Sache mit Pentalla angemessen zum Abschluss zu bringen ...

**SCHWIERIGKEIT:** ◆◇◇◇◇

**VORBEREITUNG:** 20 Minuten **INAKTIV:** 1 Stunde **ERGIBT:** 4 bis 6 Portionen
**ERNÄHRUNGSHINWEISE:** Vegan, glutenfrei, Alkohol

- 1 Granny Smith-Apfel, in Scheiben geschnitten
- 1 Birne, in Scheiben geschnitten
- 1 Blutorange, in Scheiben geschnitten und geviertelt
- 50 g Granatapfelkerne
- 2 EL heller Rohrzucker
- 60 ml Orangenlikör
- 1 EL Holunderblütenlikör
- 750 ml trockener Rotwein
- 240 ml Granatapfelsaft
- 180 ml Orangensaft
- Eis, zum Servieren

1. Alle Zutaten in einem Krug vermengen und sorgsam umrühren.
2. Mindestens eine Stunde in den Kühlschrank stellen. Auf Eis und nach Belieben mit zusätzlichen Früchten servieren.

# DIE NORA

## — TALTREFF —

Auf dieser Etappe unserer Reise war Pentalla sogar noch kratzbürstiger als sonst. Während sie in den Torlanden Truthahn jagte, pflückte ich etwas Wildglut zum Würzen, aber Pentalla weigerte sich, sie zu benutzen. Als ich ihr in Ödlicht einen urkomischen Carja-Witz erzählte, reagierte sie überhaupt nicht. Und als ich am Tagturm eine Nora-Jägerin um eine Wegbeschreibung bat, grunzte Pentalla nur beifällig.

Dank der gut dokumentierten Heldentaten einer gewissen Rothaarigen, die ich als gute Freundin ansehe, stand das Heilige Land der Nora seit Kurzem auch anderen offen, selbst wenn ich vermutete, dass Fremde hier nach wie vor eine Seltenheit waren, denn die junge Jägerin schien begeistert darüber, mit einem Oseram zu sprechen. Das war für sie etwas vollkommen Neues. Sie erzählte uns von einem einstmals berühmten Koch aus der Gegend. Doch während ich mich noch darüber freute, auf eine Goldader gestoßen zu sein, wurde ihre Stimme ernst. »Fens lebt aus freien Stücken in den bewaldeten Außenbereichen des Verbotenen Dorfs – dort, wohin unser Volk nicht zu gehen wagt.«

Ich bin nicht abergläubisch, aber nachts nehmen die Bäume hier die Gestalt aller möglichen Schrecken an. Ich blieb dicht hinter Pentalla, als wir vorsichtig durch den Wald pirschten und versuchten, den grimmigen Blicken der patrouillierenden Wachen zu entgehen.

Schließlich entdeckten wir den warmen Schein eines kleinen Lagerfeuers, an dem sich ein älterer Nora die Hände wärmte. Ich näherte mich vorsichtig und fragte, ob er Fens der Meisterkoch sei. Der Nora runzelte die Stirn. »Die Urmutter erschafft das Land, die Tiere und die Pflanzen. Ich ordne ihre Schöpfungen lediglich neu an.« Er legte vorsichtig einen Stock ins Feuer. Ich erklärte ihm, dass wir von weit her gekommen waren in der Hoffnung, er würde uns einige seiner Rezepte lehren.

»Ihr wollt eine Lektion? Hier ist eine Lektion.« Er deutete auf uns beide. »Manche Zutaten sollte man nicht mischen. Der Grund, warum ich dem Dorf den Rücken gekehrt habe, sind die Fremden. Es wurden immer mehr. Und ich mag keine Fremden. Eure ›Mission‹ wird mich also nicht dazu bringen, freudig meinen Kochtopf aufzustellen.«

Pentalla legte die Stirn in Falten. Ich befürchtete schon, sie würde Fens noch mehr gegen uns aufbringen, indem sie ihre Waffe zog. Doch stattdessen setzte sie sich neben ihn. »Bis vor

Kurzem hieß mein Stamm Fremde mit der Klinge willkommen.« Sie sah mich an. »Manchmal tun wir das immer noch. Für Generationen haben wir nicht einmal unseren Gefährten aus anderen Klans vertraut. Aber die Zeiten haben sich geändert. Wir haben erkannt, dass es uns stärker macht, Dinge mit anderen zu teilen.«

Fens blickte zum Himmel empor, just, als sich die Wolken teilten und die Sterne zum Vorschein kamen. »Die Funken des Feuers der Göttin ... Ein gutes Omen.« Er strich sich eine Locke hellgrauen, verfilzten Haars aus den Augen. Dann stand er langsam auf und ging in den Wald. »Kommt. Wenn ihr essen wollt, müssen wir erst mal nach Zutaten suchen. Und wir müssen jagen.«

Und so durchstreiften wir in der Nacht Taltreff und lernten die Traditionen des alten Mannes kennen. Wir spürten einen Feldvogel auf, der auf einer Lichtung ruhte. Fens zog eine Schleuder aus dem Gürtel und schnappte sich einen Stein vom Boden. Er schoss und erlegte den Vogel, ohne dass auch nur ein Blatt raschelte.

Schließlich führte er uns zu einer verlassenen Siedlung. Die baufälligen Gebäude bestanden aus dicken, zusammengeschnürten Baumstämmen. Hinter einer dieser Hütten grub Fens eine versteckte Truhe voller Öle, gemahlener Gewürze und Kochtöpfe aus.

Ich konnte nicht anders, als an dieser gespenstischen Stätte zu erschaudern. Als Fens mein Unbehagen bemerkte, erklärte er: »Dies ist der einzige Ort, an dem ich je gekocht habe. Und der einzige Ort, an dem ich je kochen werde.« Und genau das taten wir dann auch, inmitten des Verlassenen Dorfs. Aus unserer Beute bereiteten wir Feldvogel-Eintopf zu, ein Gericht, das Geduld erfordert. Während der vielen Stunden, die das Geflügel schmorte, erzählte Fens uns von seinem Volk. Die Nora verbringen einen Großteil ihres Lebens unter freiem Himmel und essen am liebsten in Gemeinschaft. Doch an der Art, wie er mit einem kleinen Vogelknochen in seinen Ohren herumpokelte, merkte man, dass Fens schon seit einiger Zeit keine Gesellschaft mehr gehabt hatte.

Das Fleisch im Eintopf war herzhaft und voller Geschmack und zerfiel förmlich von allein. Hinter uns lag eine lange Nacht und das Essen haute uns um wie der Tritt eines Stürmers. Wir ruhten bis weit nach Morgengrauen.

Als wir schließlich im Sonnenschein erwachten, umgeben von der grünen Erhabenheit des Heiligen Landes, war Fens fort.

# TALPUFFER

Unsere Zeit mit Fens verging viel zu schnell. Obwohl er mir dieses Rezept verraten hat, konnte ich später bloß versuchen, es anhand meiner hastig niedergekritzelten Notizen nachzukochen. Diese Puffer waren so flach wie der Talboden – süß und fluffig, aber nahrhaft genug, um die Nora durch einen langen Tag der Jagd und der Nahrungssuche zu bringen. Den Spritzer Beerensoße hingegen habe ich hinzugefügt.

**SCHWIERIGKEIT:** ◆◆◇◇◇

**VORBEREITUNG:** 30 Minuten **INAKTIV:** 8 Stunden **KOCHZEIT:** 45 Minuten
**ERGIBT:** 4 Portionen **ERNÄHRUNGSHINWEISE:** Vegetarisch, laktosefrei

### CRANBERRYKOMPOTT

250 g TK-Cranberrys
70 g Zucker
80 ml Wasser
1 TL Salz

### SÜSSKARTOFFELPUFFER

1 große Süßkartoffel, gerieben
½ Zwiebel, zerkleinert
30 g Mehl Type 550
1 Ei
1 TL Salz
Neutrales Öl (z. B. Erdnuss- oder Rapsöl), zum Ausbacken

### DAS CRANBERRYKOMPOTT ZUBEREITEN:

**1.** Alle Zutaten in einen mittelgroßen Topf geben, gut verrühren und bei mittlerer bis hoher Hitze erwärmen. Die Mischung zum Köcheln bringen und die Früchte zerstampfen, sobald die Mixtur zu blubbern beginnt. Die Hitze auf niedrig reduzieren und 30 Minuten köcheln lassen, bis das Ganze leicht eingedickt ist. In einen luftdicht verschließbaren Behälter umfüllen und abkühlen lassen. Verschließen und über Nacht in den Kühlschrank geben.

### DIE SÜSSKARTOFFELPUFFER ZUBEREITEN:

**2.** In einer Schüssel die Süßkartoffel, die Zwiebel, das Mehl, das Ei und das Salz vermischen.

**3.** In einer mittelgroßen Pfanne bei mittlerer bis hoher Hitze ca. 1 cm neutrales Öl erwärmen. Sobald das Öl heiß ist, eine Handvoll der Kartoffelmischung zu einem kleinen Süßkartoffelpuffer von ca. 8 mm Dicke formen.

**4.** Die Süßkartoffelpuffer vorsichtig in das heiße Öl geben; dabei darauf achten, dass es in der Pfanne nicht zu voll wird. Die Puffer von jeder Seite vier bis fünf Minuten goldbraun ausbacken. Anschließend zum Abtropfen auf einen mit Küchenpapier ausgelegten Teller geben. Diesen Vorgang wiederholen, bis die gesamte Kartoffelmischung aufgebraucht ist.

# PROVIANTBEUTEL

Fens zufolge kann diese Brottasche mit allen möglichen Köstlichkeiten gefüllt werden. Dieses Gericht ist bei patrouillierenden Jägern sehr beliebt, die sich ihre »Proviantbeutel« in der Wildnis frisch zusammenstellen. Das Heilige Land gleicht einer üppig gedeckten Tafel und jede Nora-Siedlung hat ihre eigenen Varianten für die Füllung. Fens beispielsweise mag es am liebsten fleischlos, mit herzhaften Früchten, Bohnen, würzigen Kräutern und einer kräftigen Käsesoße.

**SCHWIERIGKEIT:** ◆◆◆◇◇

**VORBEREITUNG:** 45 Minuten **KOCHZEIT:** 30 Minuten **ERGIBT:** 4 Fladenbrote **ERNÄHRUNGSHINWEISE:** Vegetarisch

### FRITTIERTE BANANEN

2 Kochbananen, sehr reif
Salz
Neutrales Öl (z. B. Erdnuss- oder Rapsöl), zum Frittieren

### SCHWARZE BOHNEN

1 EL Olivenöl
½ Zwiebel, gewürfelt
420 g schwarze Bohnen, abgegossen
1 TL gemahlener Kreuzkümmel
1 TL Korianderpulver

### DIE FRITTIERTEN BANANEN ZUBEREITEN:

**1.** Die Kochbananen aufschneiden und in ca. 1 cm dicke Stücke schneiden. Leicht salzen.

**2.** So viel Öl in eine Bratpfanne geben, dass es ca. 2 cm hoch darin steht, und bei mittlerer Hitze erwärmen. Sobald das Öl heiß ist, die Kochbananen vorsichtig hineingeben und von jeder Seite zwei bis drei Minuten goldbraun frittieren.

**3.** Zum Abtropfen auf einen mit Küchenpapier ausgelegten Teller geben. Allerdings nicht zu lange darauf liegen lassen, da die Bananenstücke sonst festkleben könnten.

### DIE SCHWARZEN BOHNEN ZUBEREITEN:

**4.** Bei mittlerer bis hoher Hitze einen mittelgroßen Topf erwärmen. Das Olivenöl und die Zwiebel hineingeben. Die Zwiebel anschwitzen, bis sie weich ist (ca. 8 Minuten).

**5.** Die Bohnen, den Kreuzkümmel und den Koriander hinzufügen. Alles gut durchmischen, die Hitze auf niedrig reduzieren und zehn Minuten köcheln lassen. Vom Herd nehmen, den Deckel auflegen und beiseitestellen, bis die Maisfladen gar sind.

### MAISFLADEN

300 ml warmes Wasser
1 Prise Salz
160 g feines weißes Maismehl
Butter, für die Pfanne

### ZUM ANRICHTEN

Queso Fresco (mexikanischer Weichkäse), zerbröselt
Frischer Koriander, gehackt

### DIE MAISFLADEN ZUBEREITEN:

**6.** In einer großen Schüssel das warme Wasser und das Salz vermischen. Das Maismehl hinzufügen und mit den Händen alles sorgsam vermengen. Der Teig sollte nicht an den Händen kleben und relativ dickflüssig sein. Drei Minuten ruhen lassen.

**7.** Den Teig in vier gleich große Portionen aufteilen und jeweils zu einer dicken Scheibe formen. Eine Pfanne mit Butter ausstreichen. Die Maisfladen in die Pfanne geben.

**8.** Die Pfanne mit einem Deckel und Alufolie fest verschließen. Bei mittlerer Hitze fünf bis acht Minuten garen. Den Deckel abnehmen und prüfen, ob die Böden der Fladen goldbraun geworden sind. Falls nicht, die Pfanne erneut abdecken und weitergaren, bis die Fladen goldbraun sind. Dann wenden und mit geschlossenem Deckel so lange weitergaren, bis auch die andere Seite goldbraun ist. Vom Herd nehmen und beiseitestellen, um die Fladen etwas abkühlen zu lassen.

### ALLES ZUSAMMENFÜGEN:

**9.** Sobald die Maisfladen so weit abgekühlt sind, dass man sie weiter verarbeiten kann, ohne sich die Finger zu verbrennen, die Fladen aufschneiden. Ein paar Scheiben Kochbanane auf die untere Hälfte geben. Mit schwarzen Bohnen, Queso Fresco und Koriander garnieren. Die andere Hälfte des Maisfladens darauf legen und sofort servieren.

# ROTBUSCHBRÖTCHEN

Fens sagt, die beiden Spiralen dieses Brötchens stehen für die verschlungene Beziehung zwischen der Urmutter, die großzügig gibt, und den Nora, die sie und ihr Land beschützen. Bevor wir das Heilige Land verließen, gelang es mir, ein paar der süß-sauren Rotbuschbeeren zu pflücken. Mit etwas Glück wachsen die darin enthaltenen Samen in Hauptquell zu kräftigen Sträuchern heran.

**SCHWIERIGKEIT:** ◆◆◆◆◇

**VORBEREITUNG:** 1 Stunde **INAKTIV:** 1½ Stunden **BACKZEIT:** 12 Minuten
**ERGIBT:** 10 Brötchen **ERNÄHRUNGSHINWEISE:** Vegetarisch

### TEIG

½ TL Safranfäden
70 g Zucker
250 ml Milch
300 g Brotmehl
2¼ TL aktive Trockenhefe
1½ TL Salz
½ TL gemahlener Kardamom (optional)
1 Ei, bei Zimmertemperatur
6 EL ungesalzene Butter, bei Zimmertemperatur

**1.** In einem Mörser mit einem Stößel den Safran und 1 EL Zucker zerstoßen und so lange mahlen, bis der Safran zu Pulver geworden ist. Zusammen mit der Milch in einen mittelgroßen Kochtopf geben. Bei mittlerer Hitze zum Köcheln bringen. Vom Herd nehmen und auf ca. 40 bis 44 °C abkühlen lassen.

**2.** Den restlichen Zucker, das Mehl, die Hefe, das Salz und den Kardamom in einer großen Schüssel vermischen. Die abgekühlte Safran-Milch-Mischung und das Ei mit in die Schüssel geben und verrühren, bis sich die Zutaten zusammenfügen und ein Teig entsteht.

**3.** Wenn ihr anfangt, den Teig zu kneten, nach und nach jeweils 1 EL Butter hinzufügen. Zehn Minuten durchkneten. Falls der Teig zu klebrig ist, 1 EL Mehl hinzufügen. Sollte er zu trocken sein, 1 EL Milch zugeben.

**4.** Den Teig in eine eingeölte Schüssel geben, mit einem Geschirrtuch abdecken und eine Stunde ruhen lassen bzw. so lange, bis der Teig sein Volumen verdoppelt hat. Den Teig dann niederschlagen und erneut durchkneten. Ein Backblech mit Backpapier auslegen.

### ZUM ANRICHTEN

1 Ei

2 EL Milch

20 getrocknete Kirschen

### AUSRÜSTUNG

Mörser und Stößel

**5.** Den Teig in zehn gleich große Portionen aufteilen. Jeweils zu runden Kugeln formen und mit einem Geschirrtuch abdecken.

**6.** Eine der Teigkugeln nehmen und flach zu einer Dicke von ca. 2 ½ cm ausrollen. Den Teigling von einem Ende her mit den Händen fest zu einer ca. 25 bis 30 cm langen Rolle zusammenrollen. Sollte der Teig schwer zu verarbeiten sein und sich nicht richtig aufrollen lassen, nochmals mit dem Geschirrtuch abdecken und weitere zehn Minuten ruhen lassen.

**7.** Nach dem Ausrollen die beiden gegenüberliegenden Enden in entgegengesetzte Richtungen drehen, um zwei Spiralen zu formen, die in der Mitte miteinander verbunden sind, ähnlich wie eine S-Form. Auf das vorbereitete Backblech legen und mit einem Geschirrtuch abdecken.

**8.** Die Schritte 6 und 7 mit den restlichen Teigportionen wiederholen.

**9.** Sobald alle Teiglinge vorbereitet sind, mit einem Geschirrtuch abgedeckt auf dem Blech ca. 30 Minuten aufgehen lassen bzw. so lange, bis die Teiglinge ihr Volumen verdoppelt haben.

**10.** Den Ofen auf 205 °C vorheizen. Das Ei und die Milch verquirlen. Jedes Brötchen damit bestreichen. Jeweils eine getrocknete Kirsche in die Mitte jeder Spirale setzen.

**11.** Zehn bis zwölf Minuten im Ofen backen bzw. so lange, bis die Brötchen goldbraun und durchgebacken sind.

# GOLD DER GÖTTIN

Obwohl die Nora Fleisch lieben und selbst jenseits der Grenzen des Heiligen Landes für ihre Jagdkünste bekannt sind, ist ihre Ernährung dank einer ganzen Reihe pflanzlicher Optionen sehr ausgewogen. Dieses würzige Gericht kombiniert eine solide Grundlage aus stärkehaltigem, gehacktem Gemüse mit Kohl und wird traditionell als Beilage zu Fens' Feldvogel-Eintopf serviert.

**SCHWIERIGKEIT:** ♦♦◇◇◇

**VORBEREITUNG:** 15 Minuten **KOCHZEIT:** 30 Minuten **ERGIBT:** 6 bis 8 Portionen

**ERNÄHRUNGSHINWEISE:** Vegan, glutenfrei

- 1 EL Rapsöl
- 1 Zwiebel, gewürfelt
- 1 Stück frischer Ingwer (ca. 3 cm groß), gerieben
- 2 Knoblauchzehen, gehackt
- 1 Serrano-Chili, gehackt
- 1 Karotte, in dünne Scheiben geschnitten
- 1 TL Korianderpulver
- 1 TL gemahlener Kreuzkümmel
- ½ TL Kurkumapulver
- ½ TL gemahlener Bockshornklee
- ¼ TL gemahlener Zimt
- 1 TL Salz
- ½ Grünkohl, in dünne Scheiben geschnitten
- 2 Kartoffeln (vorwiegend festkochend), gewürfelt
- 120 ml Wasser

**1.** In einem mittelgroßen Topf bei mittlerer bis hoher Hitze das Rapsöl erwärmen. Die Zwiebel hineingeben und fünf bis acht Minuten anschwitzen bzw. so lange, bis sie weich ist. Den Ingwer, den Knoblauch und die Chili dazugeben und weitere drei Minuten anschwitzen.

**2.** Die Karotten, den Koriander, den Kreuzkümmel, das Kurkuma, den Bockshornklee, den Zimt und das Salz hinzufügen. Durchmischen, bis alles gut vermengt ist, und fünf Minuten anbraten. Den Kohl und die Kartoffeln untermischen. Das Wasser hinzufügen und den Deckel auf den Topf legen. 15 Minuten köcheln lassen bzw. so lange, bis die Kartoffeln gar sind.

**HINWEIS:** *Während des Kochens fällt der Kohl in sich zusammen. Achtet darauf, häufig umzurühren, damit alles gleichmäßig gart!*

**3.** Sobald die Kartoffeln gar sind, sicherstellen, dass alles gut vermischt ist, und mit zusätzlichem Salz würzen.

# KNIRSCHBLATT-SCHALE

Eine Handvoll breiiger Blätter mag bei den Utaru für Begeisterung sorgen, aber gewiss nicht bei den Oseram. Das ist auch der Grund, warum die meisten Salate bei Zusammenkünften in Hauptquell inmitten all der anderen Köstlichkeiten untergehen wie ein betrunkener Stöberer. Bei diesem Gericht gibt es dieses Problem nicht. Zwei Arten von Nüssen, drei Sorten Beeren und zerbröselter Bergziegenkäse verleihen diesem schnell gemachten Salat eine wunderbar geschmeidige Textur.

**SCHWIERIGKEIT:** ◆◆◇◇◇

**VORBEREITUNG:** 30 Minuten **ERGIBT:** 4 Portionen **ERNÄHRUNGSHINWEISE:** Vegetarisch

### DRESSING

60 ml Reisessig
85 g Honig
60 ml Zitronensaft
2 TL Dijon-Senf
1 TL Zwiebelpulver
80 ml Olivenöl
1 EL Mohnsaat

### SALAT

280 g gemischter Frühlingssalat
120 g Himbeeren
120 g Heidelbeeren
120 g Brombeeren
40 g Walnüsse, gehackt
40 g Pekannüsse, gehackt
120 g Ziegenkäse, zerkrümelt

### DAS DRESSING ZUBEREITEN:

**1.** Alle Zutaten in einen luftdicht verschließbaren Behälter geben. Schütteln, bis alles gut vermischt ist. Im Kühlschrank bis zu einer Woche haltbar.

### DEN SALAT ZUBEREITEN:

**2.** Den Salat auf vier mittelgroße Schüsseln verteilen. Jeweils mit Himbeeren, Blaubeeren, Brombeeren, Walnüssen, Pekannüssen und Ziegenkäse garnieren und mit dem Dressing übergießen.

# FENS' FELDVOGEL-EINTOPF

Dieser wunderbare Eintopf ist heiß wie eine angefachte Schmiede. Obwohl sich für dieses Rezept im Grunde jeder fleischige Vogel eignet, ziehe ich den Feldvogel wegen seiner dicken Keulen vor. Dieses Gericht werde ich in einem Restaurant gewiss nicht einfach so auf Zuruf zubereiten – bei einer Stunde Vorbereitung und zwei Stunden Garzeit würden meine Gäste verärgert ihre Bierkrüge durch die Gegend feuern –, aber wenn dieser Eintopf bereits fertig vor sich hin köchelt, wenn der Laden aufmacht, wäre er im Handumdrehen ausverkauft, da bin ich mir sicher.

**SCHWIERIGKEIT:** ◆◆◇◇◇

**VORBEREITUNG:** 1 Stunde **KOCHZEIT:** 2½ Stunden **ERGIBT:** 6 Portionen **ERNÄHRUNGSHINWEISE:** Laktosefrei, glutenfrei

- 1½ kg Hühnerkeulen und -schenkel, ohne Haut
- Saft von 2 Zitronen
- 1 EL Essig
- 60 ml Pflanzenöl
- 1 rote Zwiebel, in Scheiben geschnitten
- 2 Zwiebeln, in Scheiben geschnitten
- 2 TL Salz
- 6 Knoblauchzehen, püriert
- 1 Stück frischer Ingwer (ca. 7 cm groß), püriert
- 60 g Berbere (scharfe äthiopische Gewürzmischung)
- 2 EL Paprikapulver
- 1 EL Tomatenmark
- 60 g Butterschmalz
- 6 hart gekochte Eier, ungeschält

**1.** Das Huhn in eine große Schüssel legen und so viel Wasser dazugeben, dass es vollständig damit bedeckt ist. Den Zitronensaft und den Essig hinzufügen. Alles gut vermischen. Bis zur Verwendung bei Zimmertemperatur ruhen lassen.

**HINWEIS:** *Das Huhn sollte nicht länger als eine Stunde ruhen. Fangt also erst an, wenn ihr bereit seid, das Gericht vollständig zuzubereiten!*

**2.** In einem großen Topf bei mittlerer Hitze 1 EL Pflanzenöl erwärmen. Die Zwiebeln hineingeben und durchschwenken, bis sie ringsum mit Öl bedeckt sind. Die Zwiebeln glasig schwitzen (ca. 2 Minuten).

**3.** 1 Prise Salz hinzufügen, umrühren und die Hitze auf niedrig reduzieren. Unter gelegentlichem Rühren anbraten, bis die Zwiebeln karamellisiert und goldbraun sind (ca. 15 bis 20 Minuten).

**4.** Den Knoblauch und den Ingwer hinzufügen und durchschwenken. Das restliche Pflanzenöl, die Berbere, das Paprikapulver, das Tomatenmark, das Salz und 60 ml Wasser hinzufügen. Alles sorgsam miteinander vermischen.

**5.** Das Huhn aus der Lake nehmen, mit Wasser abspülen, ein paar Mal mit einem kleinen Messer einschneiden und mit in den Topf geben. Dann durchschwenken, um das Hühnchen ringsum mit der Soße zu überziehen. 360 ml Wasser dazugießen.

**6.** Den Deckel auf den Topf legen und 40 bis 60 Minuten köcheln lassen bzw. so lange, bis das Huhn gar ist.

**7.** Sobald das Hühnchen gar ist, das Butterschmalz hinzufügen und gut untermischen. Die hart gekochten Eier dazugeben und weitere fünf bis zehn Minuten köcheln lassen.

# DIE FREUDE DER ERZMÜTTER

Während wir seinen Eintopf kochten, sprach Fens unaufhörlich von diesem Dessert. Dies ist seine Leibspeise, weil sie so einfach zuzubereiten ist und auf köstliche Weise verschiedenste Beeren miteinander kombiniert. Bevor er wieder in den Wäldern verschwand, ließ er uns eine Portion zum Probieren da, in einer kleinen, mit einem großen Blatt abgedeckten Schüssel, gleich neben dem schwelenden Feuer.

**SCHWIERIGKEIT:** ◆◇◇◇◇

**VORBEREITUNG:** 15 Minuten **KOCHZEIT:** 15 Minuten **ERGIBT:** 4 Portionen **ERNÄHRUNGSHINWEISE:** Vegan

170 g Himbeeren
120 g Brombeeren
120 g Erdbeeren, in Scheiben geschnitten
120 g rote Johannisbeeren
100 g Zucker
1 Prise Salz
1 Vanilleschote, waagerecht aufgeschnitten, das Mark ausgekratzt
240 ml Wasser
2 EL Speisestärke
Kokoscreme, zum Garnieren

**1.** Die Himbeeren, die Brombeeren, die Erdbeeren, die Johannisbeeren, den Zucker, das Salz, die Vanilleschote, das Vanillemark und 180 ml Wasser in einen mittelgroßen Topf geben. Bei mittlerer bis hoher Hitze zum Kochen bringen. Dann die Hitze reduzieren und 15 Minuten köcheln lassen. Die Vanilleschote herausnehmen und die Beeren leicht zerdrücken.

**2.** Das restliche Wasser und die Speisestärke in einer kleinen Schüssel verquirlen. In den Topf mit den Beeren geben, einrühren und köcheln lassen, bis die Mischung merklich eingedickt ist.

**3.** Auf vier Servierschüsseln verteilen und jeweils mit etwas Kokoscreme garnieren.

# DIE BANUK

## — SANGESGRUND —

Die grünen Wälder wichen eisigen Felsen, auf denen Wandmalereien uns den Weg hinauf zum Schnitt wiesen. Das Klettern! Oh, dieses Klettern! Es ist, als wollten diese Banuk nicht gefunden werden. Mit klammen Fingern, durch Schnee und Nebel, erreichten wir schließlich einen Felsvorsprung, und das nur Sekunden, bevor das Dröhnen eines weit entfernten Horns einen schweren Schneesturm ankündigte.

Seltsame Laternen aus blau leuchtendem Maschinendraht säumten den Weg zu einer Höhle. Drinnen warteten wir darauf, dass das Unwetter vorüberzog. Doch im Gegensatz zu der eisigen Kälte erwärmte sich Pentalla zumindest wieder ein wenig für mich. »Ich mag keine Höhlen, Milduf. Ich verabscheue Kälte. Wir ernähren uns schon seit Tagen von dieser Knabbermischung. Sobald der Sturm nachlässt, gehen wir auf die Jagd. Ich will eine schöne ... fette ... Bergziege.« Sie fröstelte. »Daraus machen wir dann ein richtiges Festmahl. Wir beide.«

Als wir die Höhle später wieder verließen, lag der Schnee kniehoch. Ich konnte kaum mit Pentalla Schritt halten, als sie auf ihre Beute loslief. Kaum war sie außer Sicht, hörte ich auch schon ihren Kampfschrei – doch er klang viel zu furchteinflößend für eine simple Ziegenjagd.

Ich rannte zu Pentalla, die mit dem Speer in der Hand über eine Lichtung geschleudert wurde wie eine Strohpuppe. Eine riesige Frostklaue preschte durch den Schnee und näherte sich ihr. Ich kramte in meinem Beutel nach einer Waffe. Ein Scheffel Bitterkraut? Nein. Eine Babykartoffel? Nicht dieses Mal. Dann sah ich sie – meine treue Grillpfanne!

Ohne zu überlegen, schlug ich die Pfanne gegen eine Felswand. Das schwere Metall krachte laut gegen das Gestein und die Eisschicht über mir ließ ein unheilvolles Knacken vernehmen. Die Frostklaue drehte sich um. Als ich weiter mit der Pfanne gegen die Wand schlug, stürzte sich die Maschine auf mich und mir wurde klar, dass ich mir vielleicht einen besseren Plan hätte überlegen sollen.

Die Maschine preschte auf mich zu. Ich sprang hastig beiseite und die Frostklaue donnerte gegen die Felswand. Wieder knirschte das Eis. Und dann stürzte eine Lawine aus Schnee und Geröll herab und begrub die Maschine unter einem Steinhaufen.

Ich hastete zu Pentalla hinüber. »Milduf! Du hast ... etwas unternommen!« Ihr Gesichtsausdruck war eine einzige Miene der Überraschung, gepaart mit einem Anflug von Anerkennung. Ich wünschte, ich hätte diesen Moment länger auskosten können. Doch leider geriet der Steinhaufen ins Wanken, als die Frostklaue – jetzt ohne Panzerung – begann, das Geröll zornig von sich zu schleudern.

Dann griff die Maschine erneut an. Pentalla feuerte Pfeile darauf ab. Einer traf die Maschine ins Knie, ein anderer in den Bauch. Das Ungetüm wurde langsamer, blieb aber nicht stehen.

Wir saßen in der Falle. Ich war mir sicher, die Schmiedefeuer meines Lebens vor meinen Augen vorbeiziehen zu sehen. Doch wie sich zeigte, war das in Wahrheit ein Hagel Feuerstoßer, die wie durch ein Wunder von oben herabregneten! Die Maschine wurde getroffen und wandte sich zur Flucht, schaffte es aber nur bis zur Mitte der Lichtung, bevor sie in Flammen aufging.

Eine Gruppe von Banuk stieg von den Klippen herab. Eine Schamanin, in deren Haut glühender Draht eingewoben war, kniete sich über die Maschine und flüsterte einige Worte, bevor sie sich uns näherte. Während ihre Jäger-Gefährten die Maschine zerlegten, erläuterten wir ihr unsere Mission. »Scheint, als hätte das Blaue Licht euch zu uns gebracht«, erwiderte die Schamanin darauf. »Kommt. Von hier an führen wir euch.«

Wir wurden zu einem Ort namens Sangesgrund gebracht. Die Siedlung ist ein sich ständig wandelndes Meer von Zelten. Der Wind pfiff durch das stille Lager, während Färber damit beschäftigt waren, Felle in knallbunten Farben einzufärben. Neben einem flackernden Feuer saß ein Koch.

Die Banuk sind Nomaden, deshalb muss ihr Essen genauso mobil sein wie sie selbst. Darum ist die Nahrung der Banuk oft kalt und zäh. Eine köstliche Ausnahme bildet hier ein wunderbarer Nachtisch, der als Blauer Lichtpudding bekannt ist – beeindruckt von unserer Geschichte erklärte sich der Koch bereit, ihn für uns zuzubereiten.

Und wer hätte es gedacht: In der Nähe gab es sogar einen Oseram-Außenposten! Die Händler dort waren ausgesprochen freundlich. Sie boten uns an, zu einem ermäßigten Preis auf dem Boden ihrer Hütte zu nächtigen und mit dem nächsten Konvoi mitzufahren, der nach Hauptquell aufbrach. Ich fand dieses Angebot großartig. Pentalla hingegen schwieg.

Am Morgen unserer Abreise bemerkte ich, dass Pentallas Habseligkeiten nicht auf dem Karren lagen. Als ich von ihr wissen wollte, ob sie abfahrbereit sei, sagte sie: »Ich kenne das Essen der Oseram bereits, Milduf. Du hast mich gut unterwiesen. Jetzt muss ich mit dem Wissen, das ich gesammelt habe, in die Klanlande zurückkehren.« Sie wandte den Blick ab. »Und das bedeutet, dass du deine Strafe, mir auf diesem Weg zu folgen, erfüllt hast.«

Ich entgegnete, dass es sich für mich nicht wie eine Strafe angefühlt habe, und sie hielt inne. Ich weiß nicht, ob sie darauf wartete, dass ich noch etwas sagte. Aber ich war außerstande, die richtigen Worte zu finden, wie geschmolzener Stahl ohne Gussform. Alles, was ich zustande brachte, war ein wirrer Monolog über die große Schmiede von Hauptquell und ob sie vielleicht daran interessiert wäre, sie zu sehen.

»Mmm«, murmelte sie. »Ich vermisse die Wüste. Ich werde den erstbesten Stachelhalm umarmen, den ich sehe.« Und so gingen wir in verschiedene Richtungen davon und sahen uns nie wieder.

# GEPÖKELTER KALTWASSERFISCH

Dieses Fischgericht – ein Grundnahrungsmittel bei den Banuk – ist gleichermaßen köstlich wie praktisch. Dank ihrer einzigartigen Methode, Salzwasserfische in verschiedenen aromatischen Gewürzen zu »vergraben«, können die Banuk ihren Fang konservieren. Gelingt es ihnen außerdem noch, ihn in gefrorenem Zustand zu halten, ist der Fisch zwei, vielleicht sogar drei Monde lang haltbar. Aber nichts währt ewig, so sehr wir uns das auch wünschen mögen. Wie auch immer ... Am besten serviert man den gepökelten Fisch auf Scherbenbrot.

**SCHWIERIGKEIT:** ◆◆◇◇◇

**VORBEREITUNG:** 30 Minuten **INAKTIV:** 48 Stunden **ERGIBT:** 4 Portionen **ERNÄHRUNGSHINWEISE:** Glutenfrei

**GRAVED LACHS**

- 500 g Lachs (aus der Mitte geschnitten, nicht aus Schwanznähe)
- 1 EL ganze schwarze Pfefferkörner
- 2 TL ganze rosa Pfefferkörner
- 1 TL Kümmel
- 100 g Salz (sollte ca. 20 % des Gewichts des Lachses entsprechen)
- 1 EL geriebene Zitronenschale
- 1 TL geriebene Orangenschale
- 30 g frischer Dill, gehackt

**DEN GRAVED LACHS ZUBEREITEN:**

1. Den Lachs von Gräten und Fettresten befreien.
2. Die Pfefferkörner und den Kümmel in einen Mörser geben und mit einem Stößel leicht zermahlen. In eine mittelgroße Schüssel geben und mit dem Salz, dem Zucker, dem Zitronen- und dem Orangenabrieb vermischen.
3. Ein Stück Frischhaltefolie auf die Arbeitsfläche legen. Die Hälfte der Salzmischung in die Mitte geben und in die Form des Lachses bringen. Mit der Hälfte des Dills bestreuen.
4. Den Lachs direkt auf das Salz legen. Die restliche Salzmischung auf dem Fisch verteilen; dabei darauf achten, dass alle Teile des Lachses mit Salz bedeckt sind. Zum Schluss mit dem restlichen Dill bestreuen.
5. Den Lachs vorsichtig fest in die Frischhaltefolie einwickeln. Mit der Hautseite nach oben in eine tiefe Schale legen, um zu verhindern, dass eventuell austretende Flüssigkeit eine Sauerei verursacht. In den Kühlschrank stellen und 24 Stunden ruhen lassen.
6. Am nächsten Tag wenden und weitere 24 Stunden ruhen lassen.
7. Sobald der Pökelvorgang abgeschlossen ist, aus der Frischhaltefolie nehmen und die überschüssige Salzmischung abkratzen. Den Lachs unter kaltem Wasser abspülen, um große Salzstücke zu entfernen. Im Ganzen in einem luftdicht verschließbaren Behältnis gelagert ist der gepökelte Lachs bis zu drei Tage haltbar.

**DEN FRISCHKÄSEAUFSTRICH ZUBEREITEN:**

8. Den Frischkäse und die Butter in einer mittelgroßen Schüssel vermischen.
9. Die übrigen Zutaten hinzufügen und alles sorgsam miteinander vermengen. Bei Bedarf zusätzlich mit Salz und Pfeffer würzen. In ein luftdicht verschließbares Behältnis geben. So ist der Frischkäseaufstrich im Kühlschrank bis zu einer Woche haltbar.

### FRISCHKÄSEAUFSTRICH

220 g Frischkäse, bei Zimmertemperatur
2 EL ungesalzene Butter, bei Zimmertemperatur
1½ EL Meerrettich
Saft und Abrieb von 1 Zitrone
1 Prise gemahlener schwarzer Pfeffer
1 Prise Salz

### EINGELEGTE ROTE ZWIEBEL

120 ml Essig
120 ml Wasser
70 g Zucker
1 TL Salz
2 Lorbeerblätter
2 TL Kümmel
1 TL ganze schwarze Pfefferkörner
1 TL ganze rosa Pfefferkörner
1 rote Zwiebel, in Scheiben geschnitten

### ZUM ANRICHTEN (PRO PORTION)

1 Scheibe Scherbenbrot (S. 143)
1 hart gekochtes Ei, in Scheiben geschnitten

### AUSRÜSTUNG

Mörser und Stößel

### DIE EINGELEGTE ROTE ZWIEBEL ZUBEREITEN:

**10.** In einem großen, luftdicht verschließbaren Behälter den Essig, das Wasser, den Zucker und das Salz vermischen. Die übrigen Zutaten hinzufügen. Den Behälter verschließen und für mindestens 30 Minuten in den Kühlschrank geben. So gelagert ist die eingelegte rote Zwiebel bis zu einer Woche haltbar.

### ALLES ZUSAMMENFÜGEN:

**11.** Mit einem Wellenschliffmesser leicht schräg mehrere Scheiben von dem Graved Lachs abschneiden; dabei darauf achten, nicht die Fischhaut zu durchschneiden. Auch die Lachsscheiben selbst sollten frei von Haut sein.

**12.** Das Scherbenbrot mit einer großzügigen Portion des Frischkäseaufstrichs bestreichen. Mit in Scheiben geschnittenem, hart gekochtem Ei, Graved Lachs und roter Zwiebel belegen. Als offenes Sandwich servieren.

# SCHERBENBROT

**Seinen Namen verdankt dieses Brot seiner Beschaffenheit: Es ist knackig und lässt sich leicht in Stücke brechen. Am ersten Morgen, an dem ich auf dem kalten Boden der Oseram-Handelshütte in Sangesgrund erwachte, wurde mein Unbehagen teilweise durch das malzig-süße Aroma dieses krümeligen Knäckebrots gelindert. Die süßen Beeren und der Honig machen dieses herzhafte, lange haltbare Brot nicht bloß praktisch, sondern auch lecker.**

**SCHWIERIGKEIT:** ◆◆◇◇◇

**VORBEREITUNG:** 30 Minuten **INAKTIV:** 1 Stunde **BACKZEIT:** 1 Stunde

**ERGIBT:** 30 Portionen **ERNÄHRUNGSHINWEISE:** Vegetarisch

2 EL Honig
600 ml warmes Wasser
170 g dunkles Roggenmehl
100 g Haferflocken
25 g Weizenkleie
25 g Weizenkorn
75 g heller Sesam
35 g schwarzer Sesam
40 g Kürbiskerne, gehackt
40 g Leinsamen
1 EL Salz

1. In einer großen, Schüssel den Honig und das Wasser verquirlen. In einer großen Schüssel das Roggenmehl, die Haferflocken, die Weizenkleie, das Weizenkorn, den hellen und den schwarzen Sesam, die Kürbiskerne, den Leinsamen und das Salz vermischen. Die Wasser-Honig-Mixtur hinzufügen und alles sorgsam miteinander verrühren.
2. Mit einem Geschirrtuch abdecken und eine Stunde bei Zimmertemperatur ruhen lassen.
3. Zwei Backbleche mit Backpapier auslegen. Den Ofen auf 175 °C vorheizen. Den Teig gleichmäßig auf die beiden Bleche verteilen und jeweils in einer dünnen Schicht darauf ausstreichen. Zehn Minuten backen.
4. Aus dem Ofen nehmen und den Teig in jeweils 15 rechteckige Portionen pro Blech schneiden. Wieder in den Ofen schieben und weitere 40 bis 50 Minuten backen bzw. so lange, bis die Ränder hellbraun und knusprig sind.
5. Das Knäckebrot aus dem Ofen nehmen und etwas abkühlen lassen, bis man es anfassen kann, ohne sich die Finger zu verbrennen. Alle Stücke, die noch aneinanderhaften, behutsam voneinander trennen und auf einem Gitterrost vollständig abkühlen lassen. In einem luftdicht verschließbaren Behälter bei Zimmertemperatur ist das Knäckebrot bis zu einer Woche haltbar.

# DÖRRFISCH

Da die Banuk mit ihren Stiefeln ständig durch den Schnee stapfen, brauchen sie herzhaftes Essen, das sich gut transportieren lässt. So entstand der Dörrfisch – dieser Trockenfisch kann problemlos mitgenommen werden und ist in der Eiseskälte des Schnitts wochenlang haltbar. Zwar nimmt die Zubereitung einige Zeit in Anspruch und der Verzehr kann die Kaumuskeln auf eine harte Probe stellen, aber das schert diese abgehärteten Überlebenskünstler nicht im Geringsten.

**SCHWIERIGKEIT:** ◆◆◆◇◇

**VORBEREITUNG:** 30 Minuten **INAKTIV:** 12 Stunden **DÖRRZEIT:** 5 Stunden

**ERGIBT:** 1 kg Dörrfleisch **ERNÄHRUNGSHINWEISE:** Laktosefrei

500 ml Sojasoße
1 EL heller Rohrzucker
2 EL Honig
½ TL Flüssigrauch
1 EL helle Misopaste
2 TL Ingwerpulver
1 TL Knoblauchpulver
½ TL gemahlener schwarzer Pfeffer
1 kg Lachs, mit Haut

**1.** In einem großen verschließbaren Gefrierbeutel (3 l Fassungsvermögen) die Sojasoße, den Rohrzucker, den Honig, den Flüssigrauch, das Miso, das Ingwerpulver, das Knoblauchpulver und den Pfeffer vermischen. Den Lachs in ca. 4 bis 6 mm dicke Scheiben schneiden; dabei die Haut dranlassen. Mit in den Beutel geben, verschließen und sorgsam durchschwenken, um den Fisch ringsum mit der Würze zu überziehen. Über Nacht im Kühlschrank marinieren lassen (bis zu 24 Stunden).

**HINWEIS:** *Achtet darauf, dass euer Messer richtig scharf ist. Das macht das Schneiden des Lachses viel einfacher.*

**2.** Den Ofen auf 80 °C vorheizen. Ein Backblech mit Alufolie auslegen, ein Drahtgitter darauf platzieren und mit Backpapier bedecken. Den Fisch aus der Marinade nehmen und die überschüssige Flüssigkeit abtropfen lassen. Auf das Backpapier legen.

**3.** Vier bis fünf Stunden im Ofen dörren bzw. so lange, bis der Lachs trocken und zäh ist. Vollständig abkühlen lassen. In einem luftdicht verschließbaren Behälter im Kühlschrank gelagert ist der Lachs bis zu zwei Wochen haltbar.

**HINWEIS:** *Der Dörrfisch kann mit Haut genossen werden. Ihr könnt die Fischhaut nach dem Dörren auf Wunsch aber auch entfernen.*

# FISCHKÜCHLEIN

Die Banuk leben in kleinen, nomadischen Gruppen zusammen. War ihnen beim Eisfischen Erfolg beschieden, verarbeiten die Mitglieder dieser »Weraks« ihren Fang oft zu Fischküchlein. Hierzu zerkleinern sie den Fisch, vermengen ihn mit allen möglichen Gewürzen, Salz und Paniermehl und teilen die Masse dann in gleich große Frikadellen auf. Nur eine ist größer als die anderen: die für den Häuptling.

**SCHWIERIGKEIT:** ◆◆◇◇◇

**VORBEREITUNG:** 30 Minuten **INAKTIV:** 1 Stunde **KOCHZEIT:** 15 Minuten

**ERGIBT:** 8 Fischfrikadellen **ERNÄHRUNGSHINWEISE:** Glutenfrei

### FISCHFRIKADELLEN

625 g Kabeljau
½ Zwiebel, geviertelt
7 g frischer Dill
15 g Petersilie
1 Ei
30 g Panko-Paniermehl
1 TL Knoblauchpulver
3 EL Kartoffelstärke
1 TL Salz
½ TL gemahlener schwarzer Pfeffer
1 TL Pflanzenöl

### REMOULADE

80 g Mayonnaise
3 EL Sauerrahm
1 EL Dijon-Senf
1 EL Kapern, gehackt
2 EL Essiggurken, gehackt
2 EL Zitronensaft
Salz, nach Belieben
Gemahlener schwarzer Pfeffer, nach Belieben

### DIE FISCHFRIKADELLEN ZUBEREITEN:

1. Den Kabeljau in eine Küchenmaschine geben und durcharbeiten, bis der Fisch fein zerkleinert ist. In eine große Schüssel füllen. Die Zwiebel, den Dill und die Petersilie in die Küchenmaschine geben und fein hacken, dann in die Schüssel mit dem Kabeljau geben. Das Ei, das Panko-Paniermehl, das Knoblauchpulver, die Kartoffelstärke, das Salz und den Pfeffer mit in die Schüssel geben und alles sorgsam vermischen.

2. Abgedeckt 30 Minuten im Kühlschrank ruhen lassen. Die Mischung dann in acht gleich große Portionen aufteilen und zu Frikadellen formen. Auf einen Teller legen, abdecken und weitere 30 Minuten im Kühlschrank ruhen lassen.

3. In einer mittelgroßen beschichteten Pfanne bei mittlerer bis hoher Hitze das Pflanzenöl erwärmen. Vier der vorbereiteten Frikadellen in die Pfanne legen. Anbraten, bis die Unterseite goldbraun ist (ca. 5 Minuten). Dann wenden und von der anderen Seite goldbraun anbraten (ca. 5 Minuten). 2 EL Wasser mit in die Pfanne geben und den Deckel auflegen. Die Frikadellen dämpfen, bis sie komplett durchgegart sind. Diesen Vorgang mit den restlichen Fischfrikadellen wiederholen.

### DIE REMOULADE ZUBEREITEN:

4. Alle Zutaten für die Remoulade in einem luftdicht verschließbaren Behälter miteinander vermengen. Bis zum Gebrauch im Kühlschrank aufbewahren. So gelagert ist die Remoulade bis zu einer Woche haltbar.

# FROSTTAUSUPPE

Die eisigen Winde des Schnitts könnten selbst den Lohebeute eines Feuer-Brüllrückens gefrieren lassen. Entsprechend erwartet man von einem guten Banuk-Gericht, dass es nicht bloß den Magen füllt, sondern gleichermaßen die Gemüter wärmt. Diese cremige Fischsuppe macht sich den Reichtum an Süßwasserfischen zunutze, die in den schnell fließenden Bergbächen der Region zu finden sind. Die Zubereitung dieses Rezepts ist so einfach wie sein Name und verspricht, den Winter in Schach zu halten – Schüssel für Schüssel!

**SCHWIERIGKEIT:** ◆◆◇◇◇

**VORBEREITUNG:** 30 Minuten **KOCHZEIT:** 30 Minuten **ERGIBT:** 4 Portionen **ERNÄHRUNGSHINWEISE:** Glutenfrei

- 3 EL ungesalzene Butter
- ½ Zwiebel, gewürfelt
- Salz, nach Belieben
- Gemahlener schwarzer Pfeffer, nach Belieben
- 3 Knoblauchzehen, gehackt
- 2 Stangen Staudensellerie, gewürfelt
- 1 Fenchelknolle, gehackt
- 1 Karotte, gehackt
- 1 l Fischfond
- 1 Pastinake, in große Stücke geschnitten
- 1 Kartoffel (mehligkochend), in große Stücke geschnitten
- 500 g Regenbogenforelle
- 250 ml Milch
- 200 g Schlagsahne
- 14 g frischer Dill, gehackt
- Saft von 1 Zitrone

1. In einem großen Topf bei mittlerer Hitze die Butter erwärmen. Sobald die Butter geschmolzen ist, die Zwiebel hinzugeben und glasig schwitzen (ca. 5 Minuten). Mit Salz und Pfeffer würzen. Den Knoblauch, den Staudensellerie, den Fenchel und die Karotte hinzufügen und sieben Minuten anbraten bzw. so lange, bis die Karotte etwas weicher geworden ist.
2. Den Fischfond, die Pastinake und die Kartoffel hinzufügen. Zum Köcheln bringen, die Hitze reduzieren und 15 bis 20 Minuten köcheln lassen bzw. so lange, bis die Kartoffel gar ist.
3. Den Fisch hinzufügen und garen, bis er gerade so eben durchgegart ist (ca. 5 bis 8 Minuten).
4. Die Milch, die Sahne, den Dill und den Zitronensaft hinzufügen. Alles sorgsam vermischen und erwärmen. Mit Salz und Pfeffer abschmecken.

# BLAUER LICHTPUDDING

Dieser warme Milchreis ist sowohl nach dem blauen Himmelsstrauch als auch nach dem blauen Maschinenlicht benannt, das die Banuk-Schamanen verehren – und man schmeckt, warum! Nach unserem beschwerlichen Aufstieg nach Sangesgrunds haben ein paar Schüsseln hiervon das Feuer in uns im Handumdrehen wieder angefacht. Dieses Gericht ist lecker, nahrhaft und süß – kaum zu glauben, dass es von den grummeligen Banuk stammt! Ich schätze, jeder von uns hat eine zarte Seite, auch wenn man manchmal erst ein bisschen auftauen muss, damit die anderen sie erkennen.

**SCHWIERIGKEIT:** ◆◆◇◇◇

**VORBEREITUNG:** 15 Minuten **KOCHZEIT:** 40 Minuten **ERGIBT:** 4 Portionen **ERNÄHRUNGSHINWEISE:** Vegan, glutenfrei

- 380 ml Wasser
- ½ TL Salz
- 1 Zimtstange
- 150 g Risottoreis
- 750 ml Mandelmilch
- 2 EL Zucker
- 2 EL Ahornsirup
- ½ Vanilleschote, nur das ausgekratzte Mark
- Gemahlener Zimt, zum Garnieren
- Blaubeeren, zum Garnieren

**1.** Das Wasser, das Salz, die Zimtstange und den Risottoreis in einen mittelgroßen Topf geben. Bei mittlerer Hitze zum Kochen bringen. Die Hitze dann auf niedrig reduzieren und so lange köcheln lassen, bis das Wasser vom Reis vollständig aufgesogen wurde (ca. 10 Minuten).

**2.** Die Zimtstange herausnehmen und entsorgen. 120 ml Mandelmilch, den Zucker, den Ahornsirup und das Vanillemark hinzufügen. Umrühren und weiter erhitzen, bis die Milch vollständig aufgesogen wurde (ca. 5 Minuten). Nach und nach jeweils 120 ml Mandelmilch hinzufügen und einrühren, bis schließlich insgesamt 750 ml Mandelmilch vom Reis absorbiert wurden. Dies dürfte ca. 30 Minuten dauern. Nach Ablauf der Garzeit sollte der Reis sehr weich sein.

**3.** Auf vier Servierschüsseln verteilen und mit gemahlenem Zimt und frischen Blaubeeren garnieren.

# DIE QUEN

## — EIN BRIEF AN HAUPTQUELL —

Ich weiß, es ist schon eine Weile her. Und seitdem ist viel passiert. Aber ich habe fantastische Neuigkeiten!

Heute Morgen bereitete ich das Tagesgeschäft im *Frostklauenschädel* vor – das ist mein eigenes Lokal! Meins ganz allein! Die Banuk überließen mir den Kopf der Maschine als Trophäe. Der meiste Ruß ließ sich mühelos entfernen. Ihr solltet mal sehen, wenn Eltern mit ihren Kindern herkommen, um hier den Geburtstag ihrer kleinen Funken zu feiern – wie sich ihre Augen vor Staunen weiten. Und natürlich ist mein Essen ein echter Knaller. Ich stehe jeden Tag in der Küche und könnte nicht glücklicher sein.

Zumindest *dachte* ich, ich könnte nicht glücklicher sein.

Doch vorhin kam ein Kurier. Er hatte ein Bündel feinster fremdländischer Pergamente für mich, das mit einem seltsam verzierten, orange-grünen Band verschlossen war. Der Kurier meinte, die Sendung sei unlängst in einer Oseram-Botschaft abgegeben und von dort weitergeleitet worden – an mich. Es genügt wohl, zu sagen, dass ich glaube, die Wildnis des Westens ruft erneut nach mir ...

Milduf von Kettenkratz.

Mein Name ist Kari. Ich schreibe dir im Namen deiner Freundin Pentalla. Sie hofft, dass du in letzter Zeit nicht gefangen genommen, verstümmelt oder getötet wurdest.

Deine Freundin und ich sind uns in der Wildnis begegnet. Ich bin nur eine Köchin von einem Stamm namens Quen.

Pentalla schien sehr erpicht darauf zu sein, dass ich einige meiner Rezepte für dich aufschreibe. So erpicht, dass sie, als ich mich weigerte, ihrem Wunsch nachzukommen, ihren Speer auf mich richtete und sagte: »Schreib!«

Und genau das habe ich getan: Ich habe meine Rezepte niedergeschrieben!

Wie von Pentalla gewünscht, füge ich die Rezepte dieser Nachricht bei. Zudem bat sie mich, dir auszurichten, dass du sie gern im Hain besuchen kannst. Sie unterrichtet dort. (Wenn auch offensichtlich keine Diplomatie.)

Falls du ihr einen Besuch abstattest, hoffe ich, dass sie freundlicher zu dir ist als zu mir. Sie ist wirklich sehr aufdringlich.

Oh, außerdem sagte sie, ich soll erwähnen, dass sie »auf dem Rückweg durch Kettenkratz gekommen ist und die Sache geregelt hat«, weshalb sie sich dort jetzt in diesem Leben nicht mehr blicken lassen kann. Keine Ahnung, was genau das bedeutet, aber vermutlich hat sie nur gekriegt, was sie verdient.

Sie meinte, sie würde mich gehen lassen ... Weißt du, dass ich einen Schiffbruch überlebt habe? Und wofür? Um mich mit so was rumzuschlagen? Wie gesagt, ich bin nur eine Köchin. Wenn's außerhalb der Küche heiß hergeht, ist das nicht meine Welt.

# RUBINROTER SONNENAUFGANG

Ich denke, ich sollte mit den Grundlagen beginnen. Dies ist eine einfache Mahlzeit, die wir oft für die rangniedrigeren Mitglieder unserer Flotte zubereiten. Für Krieger, Arbeiter und Matrosen. Wir kochen dazu Eier in Tomaten und Kräutern. Dieses Gericht schmeckt eigentlich jedem – es sei denn, natürlich, man mag keine Sardellen.

**SCHWIERIGKEIT:** ◆◆◇◇◇

**VORBEREITUNG:** 30 Minuten **KOCHZEIT:** 45 Minuten **ERGIBT:** 2 Portionen **ERNÄHRUNGSHINWEISE:** Laktosefrei

- 2 EL Olivenöl
- ½ Zwiebel, in dünne Scheiben geschnitten
- ½ rote Paprika, in dünne Scheiben geschnitten
- ½ gelbe Paprika, in dünne Scheiben geschnitten
- 4 Knoblauchzehen, gehackt
- 2 TL ganze Kreuzkümmelsamen, leicht zerstoßen
- 2 EL Sardellenpaste
- 800 g Pizzatomaten
- 2 TL geräuchertes Paprikapulver
- 1 TL Korianderpulver
- 1 TL Zucker
- 4 Eier
- 6 Zweige Koriander
- 2 Frühlingszwiebeln, in dünne Ringe geschnitten
- Einige Scheiben knuspriges Brot, zum Servieren

**1.** Bei mittlerer bis hoher Hitze eine mittelgroße Edelstahlpfanne erwärmen. Das Olivenöl hineingeben und 30 Sekunden erhitzen. Die Zwiebel hinzufügen und drei Minuten anschwitzen, bis sie gar ist.

**2.** Die Paprikascheiben hinzufügen und zehn bis zwölf Minuten anbraten. Den Knoblauch und den Kreuzkümmel dazugeben und eine Minute garen.

**3.** Die Sardellenpaste, die Pizzatomaten, das Paprikapulver, den Koriander und den Zucker hinzufügen. Alles sorgsam miteinander vermischen. Die Hitze auf mittel reduzieren, den Deckel auflegen und 15 bis 20 Minuten köcheln lassen bzw. so lange, bis die Mischung merklich eingedickt ist; dabei einige Male durchrühren, damit nichts anbrennt.

**4.** Eine kleine Vertiefung in die Masse drücken und ein Ei hineinschlagen. Diesen Vorgang mit den restlichen Eiern wiederholen. Den Deckel wieder auflegen und weitere fünf bis acht Minuten garen bzw. so lange, bis die Eier stocken. Vom Herd nehmen und nach Belieben mit Koriander und Frühlingszwiebeln garnieren. Mit Brotscheiben servieren.

# SALZPLANKEN

Ich weiß, der Name dieses Rezepts klingt nach trockenem Holz – aber dieses Gericht ist alles andere als das! Wir schneiden die Paprika und den gepökelten Fisch in »Planken«. Damit meinen wir lange Streifen. (Ich bin sicher, deine klingenschwingende Freundin versteht sich darauf bestens.) Anschließend geht es nur noch darum, die Aromen auszubalancieren.

**SCHWIERIGKEIT:** ◆◆◇◇◇

**VORBEREITUNG:** 45 Minuten **INAKTIV:** 2 Stunden **KOCHZEIT:** 25 Minuten
**ERGIBT:** 4 bis 6 Portionen **ERNÄHRUNGSHINWEISE:** Laktosefrei

### GERÖSTETE PAPRIKA

3 rote Paprika, halbiert und entkernt
1 EL Olivenöl
¼ TL Salz
¼ TL gemahlener schwarzer Pfeffer

### DRESSING

Saft und Abrieb von 1 Orange
60 ml Olivenöl

### ZUM ANRICHTEN

2 gesalzene Kabeljaufilets
2 Knoblauchzehen, in Scheiben geschnitten
80 g Kalamata-Oliven, entkernt

1. Den Kabeljau vorbereiten, indem ihr das Salz abspült. In ein luftdicht verschließbares Behältnis geben und mit Wasser auffüllen. Das Behältnis verschließen und für 30 Minuten in den Kühlschrank stellen. Dann abgießen, den Fisch abspülen und wieder zurück in das Behältnis geben. Von Neuem mit Wasser auffüllen, verschließen und nochmals für 30 Minuten in den Kühlschrank stellen. Diesen Vorgang noch zweimal wiederholen, bis der Kabeljau nicht mehr so salzig ist. Im Kühlschrank aufbewahren, bis ihr bereit seid, die Speise anzurichten.

2. Den Ofen auf 220 °C vorheizen. Ein Backblech mit Backpapier auslegen und die Paprikaschoten mit der Hautseite nach oben auf das Blech legen. Mit Olivenöl einpinseln und großzügig mit Salz und Pfeffer würzen. Ca. 20 bis 30 Minuten im Ofen garen bzw. so lange, bis die Paprika anfängt, zu verkohlen.

3. Aus dem Ofen nehmen und vollständig abkühlen lassen. Die Paprikahäute abziehen und entsorgen. Die Paprika beiseitestellen, bis ihr bereit seid, alles anzurichten.

4. Die Zutaten für das Dressing miteinander verquirlen und in einem luftdicht verschließbaren Behältnis im Kühlschrank lagern, bis ihr das Essen anrichtet.

5. Zum Anrichten die geröstete Paprika in dicke Scheiben schneiden. Gleichmäßig auf eure Servierteller verteilen und jeweils mit Knoblauch und Kalamata-Oliven garnieren.

6. Den Kabeljau aus der Lake nehmen und gründlich trocken tupfen. In mundgerechte Stücke schneiden und mit auf die Teller geben. Jeweils mit einer großzügigen Portion Dressing beträufeln.

# KRABBENEINTOPF

Dies für meine Kameraden im Landfall des Vermächtnisses zu kochen, war ein echter Luxus. Wir hatten bei dem Schiffsunglück so viel verloren und dieses neue Land stellte uns vor große Herausforderungen. Doch nachdem wir genügend Schalentiere gefangen und die ersten Schüsseln hiervon gegossen hatten, hatten viele von uns das Gefühl, dass der schlimmste Teil der Tragödie hinter uns lag. Dieser Eintopf schmeckt wie ein Stück Heimat.

**SCHWIERIGKEIT:** ◆◆◆◇◇

**VORBEREITUNG:** 45 Minuten **INAKTIV:** 3 Stunden **KOCHZEIT:** 1 Stunde
**ERGIBT:** 4 Portionen **ERNÄHRUNGSHINWEISE:** Laktosefrei, Alkohol

### BRÜHE

1 Blatt Kombu
30 g Niboshi-Sardinen, ohne Köpfe und Innereien
1½ l Wasser
1 Knoblauchknolle, halbiert
1 Zwiebel, geviertelt
1 Stück frischer Ingwer (ca. 10 cm groß), in Scheiben geschnitten
50 g Bonitoflocken

### EINTOPF

3 EL Sake
2 EL Sojasoße
1 EL Mirin
1 EL Zucker
50 g helle Misopaste
1 Karotte, geschält und in mundgerechte Stücke geschnitten
¼ Kopf Chinakohl, in dicke Scheiben geschnitten
3 Frühlingszwiebeln, in dicke Scheiben geschnitten
220 g extra fester Tofu, in große Portionen geschnitten
4 Shiitake-Pilze, entstielt
1 Bund Marmorierter Holzrasling (Shimeji-Pilze)
500 g Schneekrabbenbeine
1 Bund Enoki-Pilze
1 Portion Udon-Nudeln, pro Person

### DIE BRÜHE ZUBEREITEN:

1. Den Kombu, die Niboshi-Sardinen und das Wasser in einen mittelgroßen Topf geben und den Deckel auflegen. Drei Stunden ruhen lassen. Den Topf bei mittlerer Hitze erwärmen. Kurz bevor das Wasser zu kochen beginnt, den Kombu herausnehmen und entsorgen.

2. Den Knoblauch, die Zwiebel und den Ingwer mit in den Topf geben. Zum Kochen bringen, dann die Hitze auf niedrig reduzieren und 20 Minuten köcheln lassen. Die Bonitoflocken hinzufügen und weitere zehn Minuten köcheln lassen. Durch ein feinmaschiges Sieb abseihen, alle Zutaten entsorgen und nur die Brühe weiter verwenden. Die Brühe entweder sofort benutzen oder vollständig abkühlen lassen. In diesem Fall in ein luftdicht verschließbares Behältnis umfüllen und im Kühlschrank lagern. So ist die Brühe bis zu fünf Tage haltbar.

### DEN EINTOPF ZUBEREITEN:

3. In einer kleinen Schüssel den Sake, die Sojasoße, den Mirin, den Zucker und das Miso verquirlen. Die Brühe bei mittlerer bis hoher Hitze in einem großen Topf erwärmen. Die Hitze auf ein Köcheln reduzieren und die Karotte hinzufügen. Zehn Minuten köcheln lassen.

4. Den Kohl, die Frühlingszwiebeln und den Tofu hinzufügen. Fünf Minuten köcheln lassen. Die Sojasoßenmischung dazugeben und vorsichtig untermischen. Die Shiitake-Pilze und die Shimeji-Pilze dazugeben und garen, bis die Pilze anfangen, weich zu werden (ca. 5 Minuten).

5. Die Krabbenbeine hinzufügen und köcheln lassen, bis sie warm und durchgegart sind (ca. 5 Minuten).

6. Zum Schluss die Enoki-Pilze hinzufügen und weitere zwei Minuten köcheln lassen. Mit gekochten Udon-Nudeln servieren.

# DELTA-KLÖSSE

*Ich kann mir nichts Schöneres vorstellen, als Klöße zu verspeisen. Von außen lässt sich nur schwer sagen, was drinnen ist, was diesem Gericht ein gewisses Überraschungsmoment verleiht. Weiter unten habe ich meine liebsten Füllungen aufgelistet, obwohl es im Delta mehr Sorten von Klößen gibt, als man zählen kann. Wäre ich doch nur auch so gut vorbereitet gewesen, als deine Freundin mich bei der Vorratssuche überrumpelt hat …*

**SCHWIERIGKEIT:** ◆◆◆◇◇

**VORBEREITUNG:** 1½ Stunden **INAKTIV:** 30 Minuten **KOCHZEIT:** 10 Minuten

**ERGIBT:** 60 Klöße **ERNÄHRUNGSHINWEISE:** Laktosefrei

### KLÖSSE

- 400 g Chinakohl, in dünne Scheiben geschnitten
- 3 TL Salz
- 500 g Schweinehackfleisch
- 250 g Jakobsmuscheln, zerkleinert
- 30 g Wasserkastanien, gehackt
- 1 EL Ingwer, gehackt
- 4 Frühlingszwiebeln, in dünne Ringe geschnitten
- 1 EL Sesamöl
- 2 TL Sojasoße
- 1 TL Sake
- 1 TL Zucker
- 60 runde Gyoza-Teigblättchen
- Rapsöl, für die Pfanne

### DIE KLÖSSE ZUBEREITEN:

**1.** Den in Scheiben geschnittenen Kohl und 2 TL Salz in ein Sieb geben. Das Sieb in eine ausreichend große Schüssel hängen und mindestens 15 Minuten stehen lassen, um so viel überschüssige Flüssigkeit wie möglich aus dem Kohl herauszubekommen. Den Kohl auspressen, um noch mehr überschüssige Flüssigkeit loszuwerden.

**2.** Den Kohl, das Schweinehack, die Jakobsmuscheln, die Wasserkastanien, den Ingwer und die Frühlingszwiebeln in einer mittelgroßen Schüssel vermischen. Das Sesamöl, die Sojasoße, den Sake, das Salz und den Zucker hinzufügen. Alles sorgsam miteinander vermengen.

**3.** Eine kleine Schüssel mit Wasser neben die Arbeitsfläche stellen. Legt ein Gyoza-Teigblättchen vor euch hin und gebt 1 bis 2 TL der Füllung in die Mitte. Die Ränder des Teigblatts mit Wasser befeuchten.

**4.** Das Teigblatt hälftig umfalten und in der Mitte zusammendrücken. Erst eine Seite des Blättchens umfalten, dann die andere, bis die Klöße vollständig verschlossen ist. Diesen Vorgang mit den restlichen Teigblättchen und der übrigen Füllung wiederholen.

### SOSSE

3 EL Sojasoße
2 EL Balsamico-Essig
1 EL Chiliöl
2 TL Zucker
1 TL Sesamöl
1 TL Sesamsaat
1 Frühlingszwiebel, gehackt

**5.** Wenn ihr vorhabt, die Klöße einzufrieren, legt sie auf ein mit Backpapier ausgelegtes Backblech und deckt sie mit Frischhaltefolie ab. Mindestens 30 Minuten in den Gefrierschrank geben. Dann alle Klöße in einen verschließbaren Beutel füllen. Im Gefrierschrank sind die Klöße bis zu zwei Monate haltbar. Falls ihr gefrorene Klöße zubereiten wollt, nicht vorher auftauen!

**6.** Um frische Klöße zuzubereiten, bei mittlerer bis hoher Hitze in einer großen Pfanne ausreichend viel Rapsöl erwärmen. Die Klöße in einer Schicht hineingeben und anbraten, bis die Unterseite leicht gebräunt ist (ca. 1 bis 2 Minuten; ca. 3 bis 4 Minuten, falls die Klöße gefroren sind).

**7.** 120 ml Wasser hinzufügen und einen Deckel auf die Pfanne legen. Die Klöße dämpfen, bis das Wasser vollständig verdampft ist und die Unterseiten der Klöße ein bisschen knusprig geworden sind.

**8.** Die Schritte 6 und 7 mit weiteren Klöße wiederholen, bis ihr die gewünschte Menge zubereitet habt. Sofort servieren.

### DIE SOSSE ZUBEREITEN:

**9.** Alle Zutaten für die Soße mit einem Schneebesen verrühren. In einem luftdicht verschließbaren Behälter im Kühlschrank gelagert ist die Soße bis zu einer Woche haltbar.

# PFEIL DER MEERE

*Wir Quen verbringen einen Großteil unserer Zeit auf hoher See. Manchmal legen wir für Wochen oder gar Monate nirgends an. Deshalb müssen wir unseren Verbrauch an Trockennahrung regelmäßig dadurch entlasten, dass wir frischen Fisch fangen und dann geradewegs an Deck grillen. Dies ist ein einfacher Spieß, den man am besten mit nicht ganz so geschmacksintensivem Meeresfisch zubereitet.*

**SCHWIERIGKEIT:** ◆◆◇◇◇

**VORBEREITUNG:** 30 Minuten **INAKTIV:** 30 Minuten **KOCHZEIT:** 12 Minuten

**ERGIBT:** 4 Spieße **ERNÄHRUNGSHINWEISE:** Laktosefrei, glutenfrei

500 g Goldmakrele, in mundgerechte Stücke geschnitten
60 ml Limettensaft
60 ml Essig
80 ml Pflanzenöl
1 EL Chilipulver
1 TL Paprikapulver
½ TL gemahlener Kreuzkümmel
5 Knoblauchzehen, gehackt
1 orangefarbene Paprika, in mundgerechte Stücke geschnitten
½ rote Zwiebel, in mundgerechte Stücke geschnitten

**AUSRÜSTUNG**

4 Holzspieße
Grill

**1.** Die Makrele, den Limettensaft, den weißen Essig, das Pflanzenöl, das Chilipulver, das Paprikapulver, den Kreuzkümmel und den Knoblauch in einen luftdicht verschließbaren Beutel geben und durchschütteln. In den Kühlschrank legen und 30 Minuten marinieren lassen. Den Fisch herausnehmen und die Marinade aufbewahren.

**2.** Die Holzspieße 30 Minuten vor dem Grillen in Wasser einweichen.

**3.** Ein Stück Paprika auf einen der Holzspieße stecken, dann ein Stück Zwiebel und ein Stück Makrele, gefolgt von einem weiteren Stück Zwiebel und noch einem Stück Makrele. So fortfahren, bis der Spieß voll ist.

**4.** Schritt 3 mit den übrigen Holzspießen und den restlichen Zutaten wiederholen. Den Grill vorheizen.

**5.** Die Spieße, unmittelbar bevor ihr sie auf den Grill legt, mit der Fischmarinade bestreichen.

**6.** Die Spieße acht bis zwölf Minuten über direkter Hitze grillen; dabei regelmäßig wenden, um die Spieße ringsum gleichmäßig zu bräunen.

# BANKETT DES CEO

Dies ist kein schlichtes Essen, sondern ein Festschmaus. Obwohl wir nach der Landung Probleme hatten, Vorräte zu beschaffen, bestand unser geschätzter Ceo darauf, dass dieses Mahl jeden Abend für ihn zubereitet wird. Und so suchten wir verzweifelt nach Garnelen, nach Miesmuscheln und nach Venusmuscheln, um dieser Aufforderung nachzukommen. Da mir die Aufgabe oblag, das Gericht nach dem ganz speziellen Geschmack des Ceos zu kochen, konnte ich hier und da einen Bissen kosten – und ich sage euch, die Mühe lohnt sich!

<u>Wichtig:</u> Ungeöffnete Venus- oder Miesmuscheln unbedingt entsorgen! Es schaudert mich, wenn ich an die Strafe denke, die den Koch erwartet, der den Ceo vergiftet.

**SCHWIERIGKEIT:** ◆◆◆◆◆

**VORBEREITUNG:** 45 Minuten **KOCHZEIT:** 45 Minuten **ERGIBT:** 4 Portionen **ERNÄHRUNGSHINWEISE:** Laktosefrei

### GARNELENBRÜHE

250 g Garnelen, mit Köpfen und Schale
1 EL Rapsöl
½ TL Safranfäden
1 Stange Lauch, in große Würfel geschnitten
1 Fenchelknolle, geviertelt
3 Zweige Thymian
1 Lorbeerblatt
1 EL schwarze Pfefferkörner
1 l Gemüsebrühe

### DIE GARNELENBRÜHE ZUBEREITEN:

**1.** Die Köpfe und die Schalen der Garnelen entfernen. Die Garnelen säubern, indem ihr den Darmfaden entfernt und entsorgt. Die Garnelen abspülen und in einem luftdicht verschließbaren Behälter im Kühlschrank aufbewahren, bis sie für die Paella benötigt werden.

**2.** In einem mittelgroßen Topf bei mittlerer bis hoher Hitze das Rapsöl erwärmen. Die Garnelenköpfe und -schalen hineingeben und kräftig anbraten (ca. 3 bis 5 Minuten). Die restlichen Zutaten hinzufügen und zum Kochen bringen.

**3.** Die Hitze auf niedrig reduzieren und 20 Minuten köcheln lassen. Danach durch ein Sieb in einen luftdicht verschließbaren Behälter abseihen; alle Reste entsorgen. Im Kühlschrank ist die Brühe bis zu zwei Tage haltbar.

### PAELLA

1 EL Rapsöl
1 Zwiebel, gewürfelt
1 rote Paprika, gewürfelt
6 Knoblauchzehen, gehackt
1 große Tomate, gewürfelt
2 TL Paprikapulver edelsüß
200 g Paellareis
600 ml Garnelenbrühe
Garnelen (aus der Brühe)
8 Miesmuscheln
8 Venusmuscheln
1 Zitrone, in Spalten geschnitten, zum Garnieren
2 EL Petersilie, zum Garnieren

### AUSRÜSTUNG

Mittelgroße Paella-Pfanne

### DIE PAELLA ZUBEREITEN:

**4.** Das Rapsöl bei mittlerer bis hoher Hitze in einer mittelgroßen Paella-Pfanne erwärmen. Die Zwiebel und die Paprika hineingeben und zehn bis 15 Minuten anbraten, bis das Gemüse weich und gebräunt ist.

**5.** Den Knoblauch hinzufügen und zwei Minuten anschwitzen. Die Tomate und das Paprikapulver dazugeben und garen, bis die Tomate weich und die Flüssigkeit verdampft ist (ca. 5 Minuten).

**6.** Den Paellareis hinzufügen, mit den anderen Zutaten verrühren und zwei Minuten köcheln lassen. Dann die Garnelenbrühe hinzugeben und die Pfanne gut schwenken, um alles gleichmäßig durchzumischen. Zum Kochen bringen und die Hitze auf mittel reduzieren, sodass das Ganze nur noch leicht köchelt. So lange köcheln lassen, bis ca. 75 % der Flüssigkeit verdampft ist (ca. 10 Minuten).

**7.** Die Garnelen, die Miesmuscheln und die Venusmuscheln hinzufügen und behutsam in den Reis drücken. Weitere fünf bis acht Minuten garen bzw. so lange, bis keine Flüssigkeit mehr vorhanden und der Reis leicht angeröstet ist.

**8.** Den Herd ausschalten. Den Deckel auf den Topf legen und zehn Minuten ziehen lassen. Den Deckel dann abnehmen und prüfen, ob sich alle Muscheln geöffnet haben. Achtung: Ungeöffnete Muscheln unbedingt entsorgen, da sie nicht genießbar sind! Mit Zitronenspalten und Petersilie garnieren.

# DUNKLE GISCHT

Als auserwähltes Volk haben wir das Glück, von unseren Vorfahren gewisse kulinarische Traditionen geerbt zu haben, daher wissen wir, dass dieses grüne Gemüse schon vor der Zeit der Asche heiß begehrt war. Angeblich verzichteten viele sogar bereitwillig auf ein Dach über dem Kopf, um sich stattdessen am üppigen Fleisch der Avocado zu erfreuen. Ich hoffe, mein Leben wird verschont, wenn ich dieses kostbarste aller Rezepte mit dir teile. Allerdings muss ich darauf hinweisen, dass es sich für dich unter Umständen als unmöglich erweist, diese Speise zuzubereiten, da dies den Erwerb von »Schokolade« erfordert, einer äußerst seltenen Süßigkeit, die der kaiserlichen Familie vorbehalten ist.

**SCHWIERIGKEIT:** ◆◇◇◇◇

**VORBEREITUNG:** 30 Minuten **INAKTIV:** 1 Stunde **ERGIBT:** 3 bis 4 Portionen **ERNÄHRUNGSHINWEISE:** Vegan, glutenfrei

280 g Avocado
120 g laktosefreie Zartbitterschokolade, geschmolzen und abgekühlt
100 g Ahornsirup
2 EL Kokosblütenzucker
3 EL Kakaopulver
120 ml Kokosmilch
1 TL Salz
Kokos-Schlagsahne (S. 75), zum Garnieren

1. Alle Zutaten in eine Küchenmaschine geben. So lange durcharbeiten, bis alles gut vermischt und die Mixtur leicht schaumig ist. Auf drei bis vier Servierschalen verteilen, mit Frischhaltefolie abdecken und mindestens eine Stunde im Kühlschrank ruhen lassen. Im Kühlschrank ist die Dunkle Gischt bis zu vier Tage haltbar.
2. Mit Kokos-Schlagsahne servieren.

# TRÄNKE

Kein reisender Koch, der in der Wildnis überleben will, sollte ohne Tränke sein. Von Ost bis West werden wunderbare Gebräue hergestellt, die die Heilung, die Ausdauer und den Schutz vor der Verderbnis oder den Elementen verbessern. Hinzu kommt, dass jeder der folgenden Tränke auch noch erstaunlich gut schmeckt!

# GESUNDHEITSTRANK

Dies ist ein echter Verkaufsschlager. Kein Jäger wagt sich ohne diesen Trank in die Wildnis. Oft sieht man, wie sie das Zeug in der Hitze des Gefechts in sich hineinschütten. Keine Ahnung, wie sie es schaffen, eine Flasche hiervon zu trinken, nachdem sie vom Schwanz eines Donnerkiefers über ein Feld geschleudert wurden, doch andererseits verstehe ich ohnehin nicht so recht, was diese Leute antreibt, dass sie die Gefahr so lieben.

**SCHWIERIGKEIT:** ◆◆◆◇◇

**VORBEREITUNG:** 45 Minuten **INAKTIV:** 5 Stunden **KOCHZEIT:** 3 Stunden

**ERGIBT:** 8 bis 12 Portionen Brühe **ERNÄHRUNGSHINWEISE:** Laktosefrei, glutenfrei, Alkohol

### KNOCHENBRÜHE

1 kg Hühnerrücken
2 Stängel Zitronengras, zerkleinert
1 Stück frischer Ingwer (ca. 7 cm groß), in Scheiben geschnitten
1 Stück Galgant (ca. 3 cm groß), in Scheiben geschnitten
1 Schalotte, geviertelt
1 EL ganze schwarze Pfefferkörner
2 TL Koriandersamen
1 schwarze Kardamomschote
½ Zimtstange
2 l Wasser
4 Frühlingszwiebeln
½ Bund Koriander

### GESUNDHEITSTRANK (PRO PORTION)

Einige Eiswürfel
1 EL Zitronengrassirup (S. 187)
120 ml Knochenbrühe
45 ml Bourbon
30 ml Limettensaft
1 Prise Salz
Korianderzweige, zum Garnieren

### AUSRÜSTUNG

Cocktailshaker

### DIE KNOCHENBRÜHE ZUBEREITEN:

**1.** Die Hühnerrücken in eine große Schüssel legen, mit Wasser bedecken und 15 Minuten ruhen lassen. Abgießen und jeden Rücken abspülen. In einen Suppentopf geben und mit so viel Wasser auffüllen, dass das Fleisch vollständig davon bedeckt ist. Bei starker Hitze zum Kochen bringen und fünf Minuten kochen lassen. Das Fleisch abgießen und abspülen; dabei den Schaum entfernen, der sich beim Kochen gebildet hat. In einen sauberen Suppentopf umfüllen.

**2.** Das Zitronengras, den Ingwer, das Galgant, die Schalotte, die Pfefferkörner, die Koriandersamen, den Kardamom und die Zimtstange hinzufügen. Das Wasser dazugießen und bei mittlerer bis hoher Hitze zum Kochen bringen. Die Hitze dann auf niedrig reduzieren und das Ganze zwei Stunden köcheln lassen.

**3.** Die Frühlingszwiebeln und den Koriander dazugeben und eine weitere Stunde köcheln lassen.

**4.** Ist die Brühe fertig, vorsichtig in ein anderes Gefäß abseihen, um die Brühe von den übrigen Zutaten zu trennen. Die Brühe abkühlen lassen und vor der Verwendung für mindestens fünf Stunden in den Kühlschrank geben. In einem luftdicht verschließbaren Behältnis im Kühlschrank ist die Knochenbrühe bis zu fünf Tage haltbar.

### DEN GESUNDHEITSTRANK ZUBEREITEN:

**5.** Einen Cocktailshaker mit Eis füllen. Den Zitronengrassirup, die Knochenbrühe, den Bourbon, den Limettensaft und das Salz hineingeben. Den Shaker fest verschließen und 20 Sekunden kräftig schütteln. Abschmecken und bei Bedarf zusätzlich mit Salz würzen.

**6.** Ein Glas mit Eis und Korianderzweigen vorbereiten. Den geschüttelten Cocktail hineingießen und sofort servieren.

# AUSDAUERTRANK

Nichts stärkt die Ausdauer besser als gute Nachtruhe. Doch jetzt, wo ich über tückische Ebenen gereist bin, weiß ich, dass erholsamer Schlaf hier draußen meist eher die Ausnahme ist. Glücklicherweise steht ein Becher dieses herzhaften Gebräus einer ordentlichen Mütze Schlaf in nichts nach, wenn es darum geht, wieder zu Kräften zu kommen.

**SCHWIERIGKEIT:** ◆◆◆◇◇

**VORBEREITUNG:** 15 Minuten **INAKTIV:** 12 Stunden **KOCHZEIT:** 30 Minuten
**ERGIBT:** 10 Portionen Sirup **ERNÄHRUNGSHINWEISE:** Vegan, glutenfrei

### PASSIONSFRUCHTSIRUP

100 g Zucker
120 ml Wasser
3 Passionsfrüchte, nur das Fruchtfleisch

### AUSDAUERTRANK (PRO PORTION)

1 EL Gyokuro-Teeblätter
1 EL Gojibeeren
2 Scheiben Orange
1 bis 2 EL Passionsfruchtsirup
240 ml heißes Wasser (60 °C)

### DEN PASSIONSFRUCHTSIRUP ZUBEREITEN:

1. Den Zucker und das Wasser bei mittlerer bis hoher Hitze in einem kleinen Topf verquirlen und erwärmen. Sobald sich der Zucker vollständig aufgelöst hat, das Passionsfruchtfleisch hinzufügen und zum Köcheln bringen. Die Hitze auf mittel bis niedrig reduzieren und 25 Minuten köcheln lassen.
2. In einen luftdicht verschließbaren Behälter abseihen und auf Zimmertemperatur abkühlen lassen. Für mindestens zwölf Stunden in den Kühlschrank geben. Dort ist der Sirup bis zu zwei Wochen haltbar.

### DEN AUSDAUERTRANK ZUBEREITEN:

3. Die Gyokuro-Teeblätter, die Gojibeeren, die Orangenscheiben und den Passionsfruchtsirup in eine kleine Teekanne geben. Mit dem heißen Wasser aufgießen und 90 Sekunden ziehen lassen.
4. In einen Becher abseihen und servieren.

# REINIGUNGSTRANK

Egal, ob sie sich von einem Sprühregen Maschinensäure, einer Frostbeule oder einer durchzechten Nacht erholen wollen – meine Gäste kommen an meinem Reinigungstrank nicht vorbei. Diese köstliche Mischung aus Früchten, Kohl und fermentierter Milch verfehlt ihre Wirkung nie. Die reinigenden Eigenschaften dieses Gesöffs sind einfach unbestreitbar!

**SCHWIERIGKEIT:** ◆◆◇◇◇

**VORBEREITUNG:** 15 Minuten **ERGIBT:** 2 Portionen **ERNÄHRUNGSHINWEISE:** Glutenfrei

1 Banane
15 g Spinat
2 Blätter Grünkohl, die Rippen entfernt
1 Staudensellerie
½ kleiner Granny Smith-Apfel
75 g Ananas
½ Salatgurke, geschält und entkernt
Saft von ½ Zitrone
120 g Griechischer Joghurt
120 ml Kokosmilch

**AUSRÜSTUNG**

Standmixer

1. Alle Zutaten in einen Mixer geben und fein pürieren.
2. Auf zwei Gläser verteilen und sofort servieren.

# GEGENGIFT

Mein Vater sagte immer: »Der beste Weg, gesund zu werden, ist, gar nicht erst krank zu werden.« Ein ziemlich sinnloser Ratschlag – es sei denn, man hat diesen Trank zur Hand, der eine kräftige Dosis Verderbnis-Gusswurzel enthält, sodass derjenige, der dieses Gegengift zu sich nimmt, von jeglichen Giftstoffen, mit denen er in der Wildnis in Berührung kommen könnte, nichts zu befürchten hat. Ich warte immer, bis das Gebräu abgekühlt ist, bevor ich die letzten Zutaten einrühre.

**SCHWIERIGKEIT:** ◆◆◇◇◇

**VORBEREITUNG:** 45 Minuten **INAKTIV:** 3 Stunden **KOCHZEIT:** 30 Minuten

**ERGIBT:** 4 Portionen Limonade **ERNÄHRUNGSHINWEISE:** Vegetarisch, glutenfrei, laktosefrei

**INGWERLIMONADE**

600 bis 850 ml Wasser
2 EL Zucker
120 g Honig
Ein Stück frischer Ingwer (ca. 10 cm groß), in Scheiben geschnitten
240 ml Zitronensaft (von ca. 5 bis 6 Zitronen)

**GEGENGIFT (PRO PORTION)**

240 ml Ingwerlimonade
½ TL Matchapulver
120 ml Ingwerbier

**DIE INGWERLIMONADE ZUBEREITEN:**

1. Mit der Zubereitung des Zuckersirups beginnen. Hierzu 120 ml Wasser mit dem Zucker, dem Honig und den Ingwerscheiben in einen mittelgroßen Topf geben und bei mittlerer bis hoher Hitze erwärmen. Verquirlen, bis sich der Zucker vollständig aufgelöst hat, dann zum Kochen bringen. Sobald die Mischung kocht, die Hitze reduzieren und zehn Minuten köcheln lassen. Den Sirup vom Herd nehmen und 30 Minuten ziehen lassen. Den Ingwer anschließend herausnehmen und entsorgen.

2. Den Zuckersirup, den Zitronensaft und das übrige Wasser in einem Krug vermischen. Vor dem Verwenden mindestens drei Stunden im Kühlschrank kaltstellen. So ist die Limonade bis zu sieben Tage haltbar.

**DAS GEGENGIFT ZUBEREITEN:**

3. Das Matchapulver in eine Schüssel sieben. 60 ml Ingwerlimonade dazugießen und mit dem Matcha glatt verrühren. Die restliche Limonade einrühren und in ein großes Glas geben. Mit dem Ingwerbier aufgießen und sofort servieren.

# ÜBERSPANNEN-TRANK

Jäger, die regelmäßig ihren Bogen einsetzen, wissen den Energieschub zu schätzen, den ein Überspannen-Trank ihnen verschafft. Der plötzliche Energiestoß erlaubt es ihnen, ihren Bogen noch weiter zu spannen und so einen noch stärkeren Treffer zu landen. Ich dagegen genehmige mir diesen Trank, wenn ich sehe, dass eine große Gruppe im Lokal Platz nimmt, denn das bedeutet, dass auf mich einiges an Arbeit zukommt, bis das Essen schließlich auf dem Tisch steht. Dann hüpfe ich jedes Mal herum wie ein Sprungschläger.

**SCHWIERIGKEIT:** ◆◇◇◇◇

**VORBEREITUNG:** 15 Minuten **ERGIBT:** 1 Getränk **ERNÄHRUNGSHINWEISE:** Vegan, glutenfrei

2 Zweige Minze zzgl. etwas mehr, zum Servieren
Einige Eiswürfel
Saft von ½ Blutorange
Saft von 1 Limette
15 ml Zuckersirup
Zerstoßenes Eis, zum Servieren
125 ml Sodawasser

**AUSRÜSTUNG**

Cocktailshaker

1. Die Minze in einem Cocktailshaker zerdrücken. Die Eiswürfel, den Blutorangensaft, den Limettensaft und den Zuckersirup hinzufügen. Den Shaker verschließen und zehn Sekunden kräftig schütteln.
2. Etwas frische Minze und zerstoßenes Eis in ein Glas geben. Den geschüttelten Cocktail in das Glas gießen und mit Sodawasser auffüllen.

# FEUERWIDERSTANDSTRANK

Maschinen mit messerscharfen Krallen sind schon furchteinflößend genug, ohne dass sie Feuer speien. Ich rate jedem Jäger, sich mit diesem Trank einzudecken, bevor ihr euch mit irgendeiner Kreatur anlegt, die einen Lohebehälter auf dem Rücken trägt. Wer klug ist, hört besser auf mich!

**SCHWIERIGKEIT:** ◆◆◇◇◇

**VORBEREITUNG:** 20 Minuten **INAKTIV:** 8 Stunden **KOCHZEIT:** 30 Minuten
**ERGIBT:** 6 bis 8 Portionen **ERNÄHRUNGSHINWEISE:** Vegan, glutenfrei

### ORANGENSIRUP

Abrieb von 2 Orangen
3 grüne Kardamomschoten
150 g Zucker
250 ml Orangensaft
4 Zweige Minze

### FEUERWIDERSTANDSTRANK

1½ l Wasser
5 Beutel Earl Grey-Tee
Orangensirup
Eis, zum Servieren
Frische Orangenscheiben, zum Servieren

### DEN ORANGENSIRUP ZUBEREITEN:

**1.** Die Orangenschalen, den Kardamom, den Zucker und den Orangensaft in einem mittelgroßen Topf zum Kochen bringen. Die Hitze dann auf niedrig reduzieren und das Ganze zehn Minuten köcheln lassen. Den Deckel auflegen und den Topf vom Herd nehmen. Die Minze dazugeben und 45 Minuten ziehen lassen.

**2.** Durch ein Sieb in einen großen Krug abseihen.

### DEN FEUERWIDERSTANDSTRANK ZUBEREITEN:

**3.** Bei mittlerer bis hoher Hitze einen großen Topf mit dem Wasser zum Kochen bringen. Die Teebeutel hineingeben. Vom Herd nehmen und fünf Minuten ziehen lassen. Die Teebeutel herausnehmen. Den Tee in den Krug mit dem Orangensirup geben und gut durchrühren.

**4.** Die Mischung vollständig abkühlen lassen und vor dem Servieren über Nacht im Kühlschrank kaltstellen. In einem Glas mit Eis und frischen Orangenscheiben servieren.

# EISWIDERSTANDSTRANK

Ich hätte gern einen dieser Tränke gehabt, als ich im Schnitt fast erfroren wäre. Dieser süße »blaue Tee« ist ein großartiges Mittel gegen Erkältung. Der einzige Nachteil ist, dass es zwölf Stunden dauert, bis der Sirup seinen vollen Geschmack entfaltet. Daher versuche ich stets, mehr vorzubereiten, als ich im Augenblick brauche, um immer etwas in Reserve zu haben.

**SCHWIERIGKEIT:** ◆◇◇◇◇

**VORBEREITUNG:** 15 Minuten **INAKTIV:** 12 Stunden **KOCHZEIT:** 10 Minuten

**ERGIBT:** 10 Portionen Sirup **ERNÄHRUNGSHINWEISE:** Vegetarisch, glutenfrei, laktosefrei

### ZITRONENGRASSIRUP

50 g Zucker
170 g Honig
120 ml Wasser
2 Stängel Zitronengras, zerkleinert

### EISWIDERSTANDSTRANK (PRO PORTION)

10 getrocknete Schmetterlingserbsenblüten
2 Scheiben Ingwer
1 TL getrocknetes Zitronengras
2 bis 3 EL Zitronengrassirup
240 ml kochendes Wasser

### DEN ZITRONENGRASSIRUP ZUBEREITEN:

**1.** In einem Topf den Zucker, den Honig und das Wasser verquirlen. Bei mittlerer bis hoher Hitze erwärmen. Sobald sich der Zucker vollständig aufgelöst hat, das Zitronengras hinzufügen und zum Kochen bringen. Die Hitze auf niedrig reduzieren und zehn Minuten köcheln lassen. Dann vom Herd nehmen, den Deckel auf den Topf legen und 20 Minuten ziehen lassen.

**2.** In einen luftdicht verschließbaren Behälter umfüllen und auf Zimmertemperatur abkühlen lassen. Vor der Verwendung mindestens zwölf Stunden im Kühlschrank durchziehen lassen. Dort ist der Sirup bis zu zwei Wochen haltbar.

### DEN EISWIDERSTANDSTRANK ZUBEREITEN:

**3.** Die Schmetterlingserbsenblüten, die Ingwerscheiben, das getrocknete Zitronengras und den Zitronengrassirup in eine kleine Teekanne geben. Mit dem heißen Wasser aufgießen und sechs Minuten ziehen lassen.

**4.** In einen Becher abseihen und servieren.

# UMRECHNUNGSTABELLEN

## VOLUMEN

| USA | METRISCH |
|---|---|
| ⅕ TL | 1 ml |
| 1 TL | 5 ml |
| 1 EL | 15 ml |
| 1 Flüssigunze | 30 ml |
| ⅕ Tasse | 50 ml |
| ¼ Tasse | 60 ml |
| ⅓ Tasse | 80 ml |
| 3,4 Flüssigunzen | 100 ml |
| ½ Tasse | 120 ml |
| ⅔ Tasse | 160 ml |
| ¾ Tasse | 180 ml |
| 1 Tasse | 240 ml |
| 1 Pint (2 Tassen) | 500 ml |
| 1 Quart (4 Tassen) | 1 l |

## TEMPERATUREN

| FAHRENHEIT | GRAD CELSIUS |
|---|---|
| 200° | 95 °C |
| 212° | 100 °C |
| 250° | 120 °C |
| 275° | 135 °C |
| 300° | 150 °C |
| 325° | 165 °C |
| 350° | 180 °C |
| 400° | 205 °C |
| 425° | 220 °C |
| 450° | 230 °C |
| 475° | 245 °C |
| 500° | 260 °C |

## GEWICHT

| USA | METRISCH |
|---|---|
| ½ Unze | 14 g |
| 1 Unze | 28 g |
| ¼ Pfund | 113 g |
| ⅓ Pfund | 151 g |
| ½ Pfund | 250 g |
| 1 Pfund | 500 g |

# NAHRUNGSMITTELINFORMATIONEN

### NAHRUNGSMITTELEINSCHRÄNKUNGEN

Kochen ist eine sehr persönliche Erfahrung und ihr solltet euch nicht scheuen, nach Belieben bestimmte Zutaten durch andere zu ersetzen oder wegzulassen, die ihr oder eure Gäste normalerweise nicht essen, sei es nun aus persönlichen oder aus ernährungstechnischen Gründen. Auch wenn ihr vielleicht aus eigener Erfahrung wisst, welche Zutaten ihr vermeiden oder ersetzen solltet, findet ihr hier Vorschläge für einige allgemeinere Ernährungsalternativen.

### AN VEGETARISCHE ERNÄHRUNG ANPASSEN

Mehrere Rezepte in diesem Buch sind für Vegetarier und Veganer geeignet. Viele Rezepte können zudem relativ problemlos an eure Ernährungsgewohnheiten angepasst werden. Ersetzt Fleischbrühe z. B. durch Gemüsebrühe. Tauscht Proteine durch euer bevorzugtes Grillgemüse oder Fleischersatzprodukt aus. Denkt aber daran, dass sich das auf die Garzeiten auswirkt, also plant entsprechend voraus.

### AN GLUTENFREIE ERNÄHRUNG ANPASSEN

Für die meisten Rezepte könnt ihr statt Mehl auch dieselbe Menge Glutenersatz verwenden. Allerdings kann es erforderlich sein, die Menge anzupassen, falls die Konsistenz des jeweiligen Gerichts nicht so ist wie in den Rezepten beschrieben.

### AN LAKTOSEFREIE ERNÄHRUNG ANPASSEN

Ihr könnt Milch und Sahne durch eure bevorzugte laktosefreie Milch ersetzen. Zudem gibt es zahlreiche Alternativen, um die Butter in den Rezepten dieses Buchs auszutauschen. Grundsätzlich ist allerdings nicht zu empfehlen, Butter durch Öl zu ersetzen, da dies bei bestimmten Rezepten für eine andere Konsistenz sorgt. Falls ihr statt Butter dennoch Öl benutzt, solltet ihr kleinere Mengen verwenden.

# ÜBER DIE AUTOREN

**VICTORIA ROSENTHAL** startete ihren Blog Pixelated Provisions im Jahr 2012, um ihre Leidenschaft für Videospiele und Essen miteinander zu verbinden, indem sie Gerichte aus ihren Lieblingsspielen nachkochte. Victoria ist die Autorin von *Fallout: Das offizielle Kochbuch für Vaultbewohner*, *Destiny: The Official Cookbook*, *Street Fighter: The Official Street Food Cookbook* und *Das ultimative FINAL FANTASY XIV-Kochbuch: Eine kulinarische Reise durch Hydaelyn*. In den Sozialen Medien findet ihr sie unter @PixelatedVicka.

**RICK BARBA** ist einer der meistveröffentlichten Buchautoren der Videospielbranche und hat an über 130 videospielbezogenen Titeln mitgearbeitet, darunter *Diablo: Das offizielle Kochbuch* und der Roman *XCOM 2: Eskalation*. Als Absolvent des Iowa Writers' Workshop war Rick an der Santa Clara University und der University of Nebraska Omaha als Dozent für Kreatives Schreiben tätig und hat Beiträge in zahlreichen Literaturmagazinen wie u. a. *Chicago Review, Black Warrior Review, AQR* und *Gordon Lish's The Quarterly* veröffentlicht. Er ist begeistert, dass seine beiden *Starfleet Academy*-Romane (*Die Delta-Anomalie* und *Der Gemini-Agent*) Teil des offiziellen *Star Trek*-Kanons sind. Rick lebt in der Nähe von Boulder, Colorado, USA.

**GUERRILLA-STORYTEAM:** Story von Emil Cholich; redaktionelle Mitarbeit von Annie Kitain und Sadie Smiles.

PANINI BOOKS

www.panini.de



Deutsche Ausgabe erschienen bei Panini Verlags GmbH, Schloßstr. 76, 70176 Stuttgart.
Geschäftsführer: Hermann Paul
Head of Editorial: Jo Löffler
Head of Marketing: Holger Wiest
Projektredaktion: Andreas Kasprzak
Übersetzung: Andreas Kasprzak
Lektorat: Katja Böhm
Korrektorat: Yvonne Ansorge, Bianca Haupt
Satz und Layout: Dennis Winkler
Presse und PR: Steffen Volkmer


YDHOKB001
ISBN 978-3-8332-4633-3
1. Auflage, Mai 2025

Amerikanische Originalausgabe:
Published by Insight Editions, San Rafael, California, in 2024.

Besonderer Dank an: Claudia Gibbardo, Chanté Goodman, Ilya Golitsyn, Madse Krivokutya, Sunjeev Kumar, Ben McCaw, Craig Stuart, Jessica Williams und das gesamte Team von Guerrilla.

Publisher: Raoul Goff
VP, Co-Publisher: Vanessa Lopez
VP, Creative: Chrissy Kwasnik
VP, Manufacturing: Alix Nicholaeff
VP, Group Managing Editor: Vicki Jaeger
Publishing Director: Mike Degler
Art Director: Catherine San Juan
Executive Editor: Jennifer Sims
Assistant Editors: Alex Figueiredo and Jeff Chiarelli
Managing Editor: Maria Spano
Senior Production Editor: Nora Milman
Production Associate: Deena Hashem
Senior Production Manager, Subsidiary Rights: Lina s Palma-Tenema